나의 마음길을 그녀

내 마음 길을 그녀

이정희 에세이

학고재

프롤로그

스물여덟 살의 꿈

스물여덟, 사법 시험에 합격하던 해, 연초에 꿈을 꾸었다. 관악구 남현동 산꼭대기 연립주택에 살던 때, 밤에 집에 가려고 언덕배기를 오르는데 달리는 사자 모양으로 밤하늘의 별들이 빛났다. 그 사자가 나를 보고 웃었다. 이십대의 좌절일랑 가슴 한쪽에 밀어 놓고 잘할 수 있는 일을 해보겠다고 시험공부를 시작했지만 언제 끝날지도 알 수 없는 막막한 시간 속에 지푸라기라도 잡고 싶었다. 그때, 꿈속에서 밤하늘에 빛나던 그 사자가 이상하게 위안이 되었다. 해낼 수 있을 것 같은 기분, 뭔가 잘될 것 같은 느낌.

사자가 웃어준 덕분이었을까, 아니면 별들이 유난히 빛났기 때문이었을까. 그 후에 변호사라는 새로운 삶을 시작한 나는 세상을 피하지 않고 세상에 맞서며 뛰어들었다. 속으로는 여전히 쭈뼛거리고 어색했지만, 남보다 먼저 사건 현장을 찾아갔고 남들이 기피하는 무겁고 힘든 사건을 양어깨에 짊어지고 전력 질주하듯 일했다. 그렇게 한 순간의 멈춤도 없이 달리다가 나는 변호사에서 국회의원으로 직업을 바꿨다.

처음 국회의원이 되었을 때는 잠시 거쳐가는 자리쯤으로 여겼지만, 지금 돌아보면 나는 이미 내 인생을 완전히 바꾼 뒤였다. 그런데 2012년, 한 번도 나의 일이 될 거라고 생각하지 않았던 현실 정치의 맨 앞에서 나는 또 다른 도약을 준비한다. 내 인생의 어디쯤일까, 여기는.

이 책은 나에 대한 글이지만 나를 만들어온 사람들과 사물들에 대한 기록이기도 하다. 아버지, 어머니, 시어머니, 그이, 아들들, 고등학교 시절 선생님, 내가 변호했지만 나를 일깨워 가르쳐준 피고인들, 낯선 정치 현장에서 나를 이끌어준 동료들, 다치고 죽어간 노동자들, 축사에서 소를 앞에 두고 울분을 터뜨린 농민들, 그리고 평범한 내 일상의 조각들.

입학하자마자 '천하제일 서울 법대'를 주입시키는 대학 생활과, 아무리 격렬해도 고상한 공방을 벌일 뿐 어떤 피해도 예상할 필요 없는 제삼자로서 편안한 자리를 지켰던 십여 년의 법정 생활을 뛰어넘어 거리와 현장의 삶과 마주할 수 있었던 것은, 어릴 적 일상의 경험들 때문이었다. 여섯 살 긴 머리 꼬마 아이가 아버지의 두부 배달 자전거 짐칸에 타고 쌩쌩 달리며 맞았던 상쾌한 바람. 딸내미 주산학원 소풍에 경황없이 따라온 어머니가 급하게 싸온, 반찬이라고는 고추장이 전부였던 도시락. 사당동 달동네에서 족집게 과외로 일이 등을 놓치지 않았던 친구가 부러웠지만 집안 살림 걱정에 과외는 말 한마디 못 꺼냈던 초등학교 시절의 기억. 사람의 미래는 어찌 보면 참으로 사소한 일상의 단초를 통해 수십 년 전부터 만들어진다.

아마도 이 책을 읽는 독자들은 알게 되겠지만, 나는 많이 웃고 자주 슬프게 운다. 나 역시 시대의 유행을 좇아 유머 감각을 갖기 위해 노력하지만, 대개는 도리 없이 진지하다. 사람들 앞에 나서서 '우리 편'을 대변하는 일이 직업이지만, 성격이 활발하거나 리더십이 있어서 그런 것은 전혀 아니다. 나는 본디 홀로 내면으로 침잠하면서 충족감을 느끼는 사람이다. 맞서야 할 그들 앞에서는 언제 어디서든 강하게 대항하지만, '우리' 안에서는 마음의 힘 외에는 어떤 힘도 갖지 않은 채 고스란히 드러나는 존재다.

내 마음 같은 그녀. 내가 가장 좋아하는 별칭이다. 우리 마음이 서로 다르지 않았으면, 같은 마음으로 살았으면……. 그러면 무엇이든 해낼 수 있고 어려워도 견딜 수 있을 것 같아서 늘 내 마음을 다시 들여다보게 된다. 지금 어때, 하면서 물끄러미.

이 책을 쓸 결심을 한 것도 이런 이유다. 마음의 힘 말고는 가진 것이 없기에 말과 글을 통해 서로의 마음을 나누고 싶었다. 정치인으로서 모습뿐 아니라 내 안에 존재하는 참으로 다른 면들을 이해하는 계기가 되길 바랐다. 짧지 않은 사 년의 국회의원 임기 동안 나 스스로를 고스란히 드러내놓고 살아왔기에 기왕이면 더욱 솔직하고 뚜렷한 공감을 얻고 싶은 욕심도 있었다. 젊은 여성 변호사가 민주노동당과 거친 정치판에서 고생하더니 통합진보당을 만들긴 했는데, 뭘 어떻게 하려는지 궁금하게 생각하는 분들께 말하고 싶었다. 걱정만 하지 말고, 지켜보지만 말고, 함께하자고. 2012년의 고비를 넘는 것은 물론, 진보의 꿈을 현실로 만들어낼 통합진보당과 함께해 달라고.

당초 이 책에 대한 생각은 일 년 반 전부터 시작되었다. 출판사의 아이디어는 온통 나를 드러내는 것이었다. 매력적이었다. 그저 그런 정치인 자서전에 머무르지 않을 수도 있겠다 싶었다. 사건에 사건이 이어지고 무엇 하나 깊이 생각할 겨를도 없이 대처해야 하는 정치의 공간에서 잠시 벗어나, '나'를 생각하며 스스로의 내면을 돌아보는 글쓰기가 주는 안정감이 만족스러웠다.

그러나 통합진보당을 만드는 길에서 만난 어려움과 함께 원고 진행도 지체되었다. 특히 2011년 9월 민주노동당 당 대회에서 통합안이 부결된 이후에는, 2012년을 뒤흔들 수 있는 중대한 일을 원만히 성공시키지 못하고 당원들과 국민들에게 좌절과 실망을 안긴 사람이 어떤 말을 할 수 있을까 하는 자괴감이 컸다. 스스로를 연금 상태에 가두고 말을 삼가고 땀을 흘리지 않으면 얼굴을 들고 다닐 수 없는 시간이었다.

말을 가두니 글도 갇혔다. 작년 11월 중순에 들어서야 뒤늦게 가까스로 통합진보당을 만들며 비로소 연금에서 풀려났다. 하지만 19대 국회의원 총선거를 앞두고 선거 홍보용 책들이 넘쳐나는 '정치인 출판 기념회' 계절에 이 책을 끼워 넣고 싶지 않은 묘한 저항감이 발동했다. 그래서 이미 오래 기다린 출판사의 독촉에도 줄곧 원고를 붙잡고 있었다.

공식적인 자서전도 아닌 '나'의 구석구석을 쓰는 이 유례없는 작업이 어떤 평가를 받을지 솔직히 두근거린다. 사람들이 끝까지 책장을 넘길지도 자신이 없다. 다만 나는 이 책을 쓰면서 나이 어리고, 어설프고, 게으르고, 판단력이 모자라고, 미리 대비하지 못해서 저지른 온갖 부끄러운 일들을 남김없이 기억해냈다. 잠시 나를 들뜨게 했던 기쁨과 오래도록 가슴 깊이 내려앉아 때마다 떠오르는 슬픔의 시간들도 모두.

이 모든 것들을 떠올렸다 가라앉히면서 남들이 보기에 자랑하고 내세울 만한 일들은 되도록 꼭 필요한 대목에서만 짧게 쓰려고 했다. 스스로 자만의 꼬리표를 떼어내고 쓸 능력이 아직 못 되었기 때문이다. 그러나 부끄러운 기억들, 아픈 기억들은 자세히 썼다. 다시는 그런 일을 범하지 않기 위해서, 다시는 그런 상황을 만들어내지 않기 위해서다. 독자보다는 나 자신을 들여다보고 나 자신을 위한 글쓰기를 한 셈이다. 이 책의 내용이 명랑한 부분은 적고 대부분 진지한 이유다.

책을 쓰는 내내 나를 만들어온 사람들과 동네와 자연과 사물들의 흔적과 냄새들이 떠올라 주변을 맴돌았다. 새삼 그립고 고마웠다. 이제 이들과 나눈 대화를 마감할 때다. 2012년 변화의 시간은 이미 시작되었고, 나에게 주어진 유일한 침잠의 기회, 글쓰기로 빈틈없이 채운 휴가가 끝나가고 있다. 바람 속으로, 이제, 나간다.

2012년 1월

설 연휴가 끝난 눈 쌓인 새벽, 신림동에서

이정희

차례

미래의 정치

또 다른 미래

에필로그

봄날의 청춘

새로운 세상을 꿈꾸며, 꿈꾸는 시간보다 더 오래 공부하고 계획하며, 그보다 더 많이 웃고 느끼며, 그보다 더 많이 스스로를 성찰하며, 통합진보당 공동대표로 살아가는 사람 @heenews

연분홍 편지

봄이란 그런 것이었다. 1997년 봄은 온통 분홍색이었다. 밤바람은 따스하고, 꽃은 향기로웠다. 시간은 훌쩍 자정을 넘겼지만, 잠을 자지 않아도 힘들지 않았다. 아침은 늘 설레었고, 그의 시선은 언제나 나를 따라다녔다. 나는 등 뒤에서 그를 느꼈다.

고작 전철로 네 정거장밖에 되지 않는 사법연수원을 매일 출퇴근하는 게 가능할까 싶을 정도로 기력이 떨어져 있던 때였다. 스물아홉. 오백 명 되는 사법연수원생의 딱 평균 나이일 뿐인데도, 이 년 반 동안 사법 시험을 준비하면서 끊이지 않는 긴장과 불안 상태에 있었던 내 몸은 합격 통지를 받은 후 겨울을 났지만 좀체 나아지지 않았다.

당시 남편에게는, 5·18 광주항쟁으로 촉발된 학생운동과 시위, '마찌고바(영세 공장)' 용접공 생활로 시작한 노동운동과 되풀이되는 투옥의 시간을 지나 서른다섯 늦깎이로 고시촌에 들어가 시험 공부를 하다가 어느 날 갑자기 쏟아낸 각혈의 기억이 선명하게 남아 있었다.

1996년 12월, 면접시험을 기다리며 서초동 사법연수원 강당에 모여 있을 때, 저 멀리 오십 미터 거리에 서 있는 그가 눈에 뜨였다. 이상했다. 그리 크지 않은 키에 형형한 눈빛이 기억에 남았다. 그가 나를 쳐다보았다. 서로 바라본 시간이 얼마나 되었을까. 고작 몇 초뿐일 텐데, 다음 해 3월 초에 사법연수원 강의실에서 그의 얼굴을 보자 그 기억이 떠올랐다.

그때 서로 바라본 것, 기억나세요? 한참 뒤에 물었다. 남편은 합격 후 사법연수원에 입소할 때까지 가족 친지들로부터 몇 차례 다른 여자를 소개받았지만, 연수원 강당에서 마주친 검은색 정장을 입은 내 모습이 자꾸 떠올랐단다. 내가 너무 젊어 보여서 감히 어찌해볼 수 없을 것 같았다고. 이미 그는 마흔 살, 우리 사이에는 십일 년의 간격이 있었다. 하지만 그 강당에서 둘 사이에 스파크가 튀었던 것을 그도 나도 지울 수 없었다.

봄밤, 우연히 둘이서 차를 마신 날, 헤어지는 게 아쉬웠다. 나는 그에게 바흐 무반주 첼로 모음곡의 기타 연주 음반을 빌려주겠다는 명분으로, 그는 나에게 일리야 레핀의 도록을 빌려준다는 핑계로 만나 그다음 날 첫 데이트를 했다. 어색한 분위기에 저녁도 거른 채 카페에서 차를 마시며 서로 어떤 사람일까 궁금해하며 얘기를 나눴다. 좋아하는 책이 같았다.

그의 인생길은 고단한 흔적이 뚜렷했지만 내면에는 든든한 낙관이 있었다. 그의 눈빛이 형형했던 것은 그 때문이었다. 그를 놓치고 싶지 않았다. 내가 살아갈 법조계에서 이런 사람을 다시는 만날 수 없어, 생각했다. 밤늦어서야 밥집에 가서 된장찌개를 먹었다. 그 봄 내내, 바흐가 그의 집에서 울렸더랬다. 세 번째 데이트하던 날, 이 사람과 결혼하게 되겠구나, 느꼈다. 그리고 말했다. 올해 안에 당신과 결혼하고 싶다고. 오히려 마흔의 그가 이십대의 나와 인생을 약속하기까지 한 번 더 고민했다. 이래도 될까, 싶더란다.

우리는 갑자기 건강해졌다. 전에 없던 에너지가 솟았다. 내 인생에서 그 이전에도 그 이후에도 다시는 넘지 못한 설악산 대청봉을 장대비 속에서 함께 넘었다. 그 정도는 거뜬히 넘어야 프레스에 잘려나갔다가 봉합되었지만 십 수 년 온몸을 불편하게 한 그의 굳은 손가락을 잡을 수 있을 것 같았고, 투옥을 거듭하며 수없이 어머니를 애달프게 한 그의 인생길을 함께 걸어갈 수 있을 것 같았다. 제한 몸도 거두지 못했던 우리 두 사람은 만나자마자 젊어졌다. 전생에 무슨 인연이 있었던 게 틀림없다. 그렇지 않고서야 만나자마자 그렇게 인생이 달라질 수는 없었다. 우리는 그해 9월에 결혼했다.

그 봄에 남편은 연분홍색 종이에 시를 한 편 써서 편지를 보냈다. 미처 다 살리지는 못했지만 결코 꺾이지 않은 열정과, 긴 시간을 에돌아 만난 희망을 시에 담아 나에게 쏟아부었다. 그 연분홍 편지는 내 재산목록 일호다. 해마다 봄은, 나에게 연분홍 편지의 기억과 함께 찾아온다.

달리기

"물고기는 헤엄치고, 새는 날고, 인간은 달린다."

독일의 전 외무장관 요시카 피셔의 『나는 달린다』 첫 장에는, 1952년 헬싱키 올림픽 마라톤 우승자인 체코슬로바키아의 육상 선수 에밀 자토페크의 말이 나온다. 이 문장은 가장 짧고 강렬한 언어로 사람들을 달리기로 유혹한다. 나아가 다른 모든 운동에 앞서는 현격한 우월성을 달리기에 부여한다. 달리기는 자연과 공존하고 그 안에서 살아남아 형성된 인간의 원형 가운데 하나라는 것.

피셔는 "달리기는 나에게 일종의 명상"이라고 말했다. 녹색당 출신의 이 정치인은 주정부의 환경부 장관으로 일하면서 쌓인 압박과 스트레스에 짓눌려 자신의 정신 건강과 가정생활이 스스로 무너지는 것을 자각하고, 달리기에 나선다. 외무장관 재직 시절에는 상상하기 어려울 만큼 바쁘고 예민한 업무 중에도 달리기를 멈추지 않는다. 그에게 달리기는 '정신과 육체를 순수하게 가다듬는 자아 여행이자 자신에 대한 완전한 개혁'이다.

다리의 근육들이 수축했다 이완하기를 반복하면서 점점 강해진다. 심장은 터질 듯하다가 여유를 찾는다. 이런 미세한 차이들이 쌓여 달리기하는 인간의 태곳적 모습에 가까워진다. 운동화 말고는 다른 특별한 장비가 필요 없는 운동, 숨 쉬는 것 외에는 신경 쓸 일이 없는 가장 단순한 운동, 그래서 자신의 몸과 마음에만 집중할 수 있다. 단순함의 아름다움과 원형질의 매력.

사법 시험을 준비할 때, 집에서 하루 종일 책상에 앉아 법서를 읽다가 한밤중에 잠시나마 달리면 몸과 머리에 쌓인 긴장이 조금씩 풀렸다. 건강이 좋지 않아 거의 먹지도 못하고 지내던 때였다. 책 보고 공부하는 일 말고는 힘에 겨워 어디에 정기적으로 다니기도 어려웠다. 누구를 만나서 함께 운동할 수도 없는 철저히 혼자인 시간과 공간 속에서 달리기야말로 유일하게 할 수 있는 운동이었다.

결혼 후 아이들이 아주 어릴 때는, 변호사 초년생 시절이라 너무나 바빠 매일 밤늦게 들어와야 했다. 달리기하러 나가는 것조차 아이들에게 너무 미안했다. 아이들이 조금 자란 후에야 재워놓고 밤 12시가 다 되어 달리기하러 나갈 수 있었다.

달리는 일은 운동화 끈을 조이는 순간부터 좋았다. 근질거리는 발가락 관절, 에너지가 충전된 다리 근육, 그리고 심장의 박동을 달래며 뛰고 걷기를 몇 차례 반복한다. 그러다 한번 해보는 거야, 하며 심장이 터지기 직전까지 질주한다. 맺히고 쌓인 것들이 풀어지고, 나의 한계가 한 뼘씩 극복되는 희열의 순간. 변호사 업무, 시민단체 활동, 아이 키우기로 불안하게 유지되는 생활의 긴장감을 한밤의 달리기가 조금이나마 덜어주었다.

국회의원이 되고 나서는 제대로 운동화 갖춰 신고 밤공기 맞으며 달리는 일이 뜸해졌다. 2008년, 18대 국회의원 임기가 시작되기 전인 5월부터 줄곧 거리에 있었다. 국회에 들어오자마자 8월에는 기륭전자 비정규직 여성 노동자들의 단식에 열하루 동안 함께 했고, 12월에는 국회 농성으로 겨울을 보냈다. 2009년, 노무현 전 대통령 서거와 관련 6월에 대한문 앞에서 이레 동안 단식, 7월과 8월에는 쌍용자동차 앞 농성, 겨울은 다시 국회 농성으로 보내야 했다. 한번 단식하고 나면 회복식을 하는 한 달은 물론 그 이후에도 오랫동안 달리기는 엄두도 내지 못했다.

매년 4월과 10월에는 어김없이 보궐선거가 있어 전국을 다니면서 선거운동으로 발이 아프게 걸어야 하고, 더구나 10월에는 국정 감사로 쪽잠 자기에도 바빴다. 연말 국회에서 입법 전쟁과 예산 전쟁이 시작되면, 야당은 농성에 들어가고 보좌관들은 아예 본청에 갇혀 출입조차 못하며 일주일 혹은 열흘씩 지내야 하는 상황이 되풀이되었다. 그 와중에 운동하러 나가기란 참 어려웠다. 하지만 늘 사무실에 운동화를 가져다 놓고 달리기를 꿈꿨다.

가끔 국회 안의 트랙을 달리기도 했는데, 결국 달리기를 포기할 수밖에 없는 사건이 생겼다. 2009년 12월 31일, 아침 7시에 한나라당(현 새누리당) 의원들이 예결위에서 4대강 예산이 포함된 예산안을 단독 처리하고 본회의장으로 밀고 들어간 것이다. 민주노동당 의원들이 의장석에 올라가 앉았지만 이내 끌려 내려왔다. 더 이상 의장석에 올라가지 못하자 미리 계획한 것은 아니지만, 항의 표시로 발언대에서 피켓을 들고 서 있었다.

삼십 분, 한 시간……. 우리가 계속해서 서 있자 민주당 의원들도 본회의장에 들어와 발언대에서 현수막을 펼치고 구호를 외쳤다. 다시 삼십 분쯤 지나자 민주당 의원들은 하나 둘 자리에 앉았고, 결국 의원총회를 한다며 모두 본회의장에서 나갔다. 민주노동당 의원들만 원래 서 있던 그 자리에 그대로 남았다. 그렇게라도 항의하지 않으면 안 될 것 같았다. 무엇보다 극심한 생태계 파괴를 가져올 4대강 사업 예산이 통과되는 것을 막지 못하고 무기력하게 보고만 있어야 하는 상황이 괴로웠다. 용서를 구하고 회초리 맞는 심정으로 그렇게 서 있었다.

점심시간이 지나도록 그대로 서 있으니까 본회의장 밖에서 점심을 먹고 들어오던 한나라당 의원들도 보기가 민망했던가 보다. 몇 사람이 먹을 것을 들고 와서는 '이제 뜻은 충분히 알았으니 그만하고, 음식도 먹고 자리에 앉아 쉬었다 하라'고 강권하는 것을 물리쳤다. 평생 언제 이런 일을 또 겪어보겠느냐며 버텼다. 저녁 무렵에 한 의원이 억지로 팔을 잡아끌어 의자에 잠시 앉았더니, 남들 앞에서 보이지 않으려고 참았던 눈물이 쏟아졌다.

본회의가 끝난 것은 밤 9시 30분이 넘어서였다. 열세 시간 삼십분 동안 음식도 물도 먹지 않고 화장실도 가지 않은 채 구두 신고 제자리에 서 있다가 나왔더니 남자 보좌관들이 "군대에서 얼차려도 두 시간은 안 넘겨요"라고들 했다. 다음 날부터 이 주일 동안은 발에 무리가 왔는지 천천히 걷기도 힘들었다. 그해 봄까지도 산에 오를 수가 없었다. 그 뒤로 달리기는 포기했다.

민주주의가 파괴되고 생명이 죽어가는 이 시대에 민주노동당 국회의원으로 살다가 얻은 예상치 못한 인생의 결과 중 하나가 이것이다. 청춘의 답답함과 불안을 털어주던 달리기를 이제 더 이상 할 수 없다는 사실.

나는
별일 없이
산다

2009년 2월, 장기하와 얼굴들의 〈별일 없이 산다〉를 우연히 들었다. 그 길로 서너 번 연거푸 다시 들었다. 교사와 공무원들이 민주노동당에 정치후원금을 매월 일만 원씩 냈다 하여(아무리 많아야 한 사람당 오십만 원을 넘지 않았다), 경찰이 분당 케이티 센터에 있는 민주노동당 인터넷 서버를 압수 수색하고 문래동 당사를 형사들이 둘러싼 채 죄어들어 오고 있을 때였다.

검찰은 당시 오병윤 민주노동당 사무총장과 당직자 몇 사람에게 서버를 빼돌려 증거를 은닉했다는 혐의를 씌워 이들을 체포할 것처럼 압박을 가해왔다. 변호사 출신인 나조차도 언제 이 일이 마무리될지 가늠하기 어려운 심각한 상황이었다. 지방선거는 닥쳐오는

데 지역에 있는 당원들이 선거운동에 나서기는커녕 당사로 몰려와 당사를 지켜야 했다.

설 연휴에도 시댁에 가서 차례 상만 차려놓고 출근하고, 친정집에는 아예 갈 엄두도 내지 못했다. 연일 당사에서 밤을 지내야 하는 통에 피로는 쌓여가고, 보수언론은 마치 먹잇감을 찾은 사냥개처럼 달려들어 물어뜯었다. 그전까지 단 한 번도 민주노동당을 제대로 다룬 적 없는 언론들이 연일 민주노동당 서버 압수 수색과 증거 은닉 사건을 대문짝만하게 보도했다. 계속되는 긴장 상태가 주는 피로와 초조감이 극에 달하던 날, 이 노래 하나로 그 모든 게 싹 날아가는 듯했다.

네가 깜짝 놀랄 만한 얘기를 들려주마
아마 절대로 기쁘게 듣지는 못할 거다
뭐냐 하면
나는 별일 없이 산다. 뭐 별다른 걱정 없다
나는 별일 없이 산다. 이렇다 할 고민 없다
네가 들으면 십중팔구 불쾌해질 얘기를 들려주마
오늘 밤 절대로 두 다리 쭉 뻗고 잠들진 못할 거다
그게 뭐냐면

나는 별일 없이 산다. 뭐 별다른 걱정 없다

나는 별일 없이 산다. 이렇다 할 고민 없다

(간주)

이번 건 네가 절대로 믿고 싶지가 않을 거다

그것만은 사실이 아니길 엄청 바랄 거다

하지만

나는 사는 게 재밌다. 하루하루 즐거웁다

나는 사는 게 재밌다. 매일매일 신난다

나는 사는 게 재밌다. 하루하루 즐거웁다

나는 사는 게 재밌다. 매일매일 신난다.

좋다~

나는 별일 없이 산다. 나는 별일 없이 산다.

나는 사는 게 재밌다. 나는 사는 게 재밌다.

매일매일 하루하루 아주 그냥~

—장기하와 얼굴들, 〈별일 없이 산다〉

통쾌하지 않은가. 나를 곤경에 몰아넣는 너는, 내가 힘들고 주눅 들기를 바라지만 나는 즐겁게 산다. 어쩔래. 네가 뭔데 날 무시해. 장기하와 얼굴들은 젖은 바닥을 굴러도 자존심 하나만큼은 절대

잃지 않는 젊음을 소리친다. 추리닝 바지에 슬리퍼 끌고 동네 편의점에 가서 컵라면에 삼각 김밥으로 점심을 때우더라도 기죽지 않는 청춘을 노래한다. 나도 소리치고 싶었다. 그런다고 우리가 기죽을 것 같아, 너희들이 어떻게 하든 우린 잘 살아, 누가 이기나 두고 보자니까! 답답한 속을 이 노래로 풀었다.

결과는 장담한 대로 되었다. 2010년 6월 지방선거에서 민주노동당은 지역마다 야권연대를 성공시켰고, 2006년 선거에 비해 질로나 양으로 두 배 가까이 오른 성적표를 손에 쥐었다. 어려울수록 난관을 뚫고 나가고 힘들수록 이기는 법을 공안기관과 보수 언론 앞에서 보여준 것이다. 앞으로도 그럴 것이다. 우리는 기죽지 않으니까.

정봉주 전 의원이 비비케이 관련 명예훼손 사건으로 징역 일년형을 선고받아 수감된 2011년 12월 26일, 나는 이 노래를 트위터에 띄웠다. '정봉주 전 의원께, 오늘' 전하는 노래로.

너는 이것만은 사실이 아니길 엄청 바랄 거다. 하지만 나는 사는 게 재밌다. 하루하루 즐겁다. 아주 그냥! 장기하와 얼굴들, 멋지다.

아무도 기다리지 않는 사람

러시아 화가 일리야 레핀의 도록을 처음 본 것은 남편과의 첫 데이트에서였다. 1844년에 태어나 1930년에 세상을 떠난 일리야 레핀의 도록 표지에는 〈아무도 기다리지 않았다〉가 실려 있었다. 제작 연도가 1884년에서 1888년으로 표기된 이 그림에서, 제정 러시아의 한 혁명가가 유배 생활을 마치고 시베리아의 바람을 외투 끝자락에 달고 막 돌아와 집 안에 들어선다. 놀란 아내가 엉거주춤 일어서고, 아이들은 두려움에 찬 눈길을 보낸다. 가족들의 그런 모습에 혁명가는 망연히 멈춰 선다.

가족 중 누구도 그가 돌아오기를 바라지 않았고, 오히려 돌아오는 것을 내심 두려워하고 있었다. 그가 돌아옴으로써 다시 겪어야 할 감시와 체포, 강압이 떠올라 가족들은 그를 기다리지 않았을 것이다. 1980년대 젊은 시절에 흔히 경험했던 긴장감이 기억나서일까, 사법연수원에 막 들어가 오급 공무원이 되었음에도 이 그림은 여전히 내 가슴을 파고들었다.

다시 레핀의 그림을 본 것은 십여 년 만인 2007년 겨울이었다. 레핀 전시회가 열렸다. 남편과 함께 〈아무도 기다리지 않았다〉를 보았다. 레핀은 여러 차례 주인공을 달리 묘사해가며 이 그림을 그려 유배당한 혁명가의 고독과 불안을 표현했다. 예상보다 참 작은 그림이었다. 그러나 도록에서 본 것보다 훨씬 강렬했다. 나는 발길을 뗄 수 없는 진한 인상에 사로잡혔다.

그 겨울 얼마 뒤, 나는 그 그림을 다시 보았다. 『민통선 평화기행』의 저자이자 사진작가인 이시우 씨의 국가보안법 위반 사건의 일심 마지막 공판에서였다. 보석으로 석방되어 겨울 내내 '국가보안법 철폐를 위한 삼보일배 명상'을 하며 분단의 현장에서 걷고 절하며 바람 기운을 몰고 법정에 나타났다가 다시 걷기 위해 떠나던 이시우. 그는 최후진술에서 레핀의 그림 〈아무도 기다리지 않았다〉를 들고 나왔다. 이럴 수가. 피고인과 변호인으로 만난 그와 나 사이에 어떤 감정이 통하고 있었던 것일까, 생각했다.

〈아무도 기다리지 않았다〉의 주인공, 이제 막 유형지에서 돌아온 그가 맞닥트린 소외와 막막함이 바로 자신의 것이었노라고 나의 피고인은 고백했다. 체포된 직후부터 검찰 수사가 끝나기까지 무려 사십육 일 동안 곡기를 끊은 채 국가보안법을 끌어안고 죽겠다며 생사의 경계를 넘나들어도, 구속에서 풀려나 민통선의 서쪽에서 동쪽으로 한반도를 가로지르며 걷고 절하고 명상을 거듭해도 소외의 흔적은 절반도 지울 수 없을 만큼 아주 큰 것이었음을 변호인인 나도 미처 알지 못했다.

'북한은 반국가단체'라는 공소장의 진술이 흔들릴 수 없는 명제가 되고, 기껏해야 집행유예를 선고받는 게 최대의 기대치인 현실에서 국가보안법은 누구도 정면으로 맞서기 어려운 거대한 장벽이었다. 그에게 닥친 현실의 장벽도 높고 단단했다. 넘을 수 없는 장벽에 갇힌 채 간신히 보석으로 석방되어 돌아온 그를 세상은 짐스러워했다. 그에게는 이미 지울 수 없는 낙인이 찍혀 있었다. 예술적 감수성을 지닌 그가 본능적으로 소외감을 느꼈을 터인데도, 그의 양심과 사상을 가장 가까이에서 지켜주어야 하는 변호인으로서 나는 참으로 무감각했다는 것을 그때서야 깨달았다.

경찰은 2004년부터 삼 년 내내 그를 감청하고 미행하는 데 막대한 수사력을 쏟아부었다. 검사는 그가 자진하여 북한을 지원했다며 국가보안법 위반으로 구속 기소했다. 기소의 증거로 삼 년 동안 그가 작가로서 찍은 모든 사진, 기자로서 쓴 모든 글, 평화활동가로서 만난 모든 사람들에 대한 감시의 기록 들이 제시되었다. 노무현 정부 시절, 그의 나들이는 줄곧 미행당했고 모든 전화 통화는 감청되었으며, 자신의 활동이 연구 목적이었다는 항변은 사진작가라는 직업을 이유로 간단히 부정당했다. 국가보안법의 모든 조항이 그에게 적용되었다. 이 사건은 국가보안법의 백화점으로 불렸다.

하지만 '국가보안법을 끌어안고 죽겠다'던 그는 일심부터 대법원까지 전부 무죄를 선고받았다. 2011년 11월 판결 확정까지 걸린 시간은 사 년 십 개월이었고, 그는 육 개월이 넘는 수감 생활을 견뎌야 했다. 그가 십여 년 넘게 창작해온 이천여 장의 필름 원본이 모두 검찰에 압수되어 보관되던 중 곰팡이가 피었다. 스스로 국가보안법의 장벽을 뛰어넘은 사람이 된 이시우 작가는 2010년에 문익환 목사의 뜻을 계승한 통일운동단체와 개인에게 수여되는 늦봄통일상을 받았다.

아무도 기다리지 않는 사람, 진실을 말하는 것은 그가 사랑하고 그를 사랑하는 사람들을 가장 고통스럽게 하는 것임을 알면서도 행동하지 않을 수 없는 사람, 그래서 더욱 고통스러운 사람. 역사는 이들의 고통 위에서 앞으로 나아간다, 무심하게도. 그의 고통은 거의 대부분 기억되지 않는다, 무정하게도. 역사의 수레바퀴 밑에서 기꺼이 먼지가 되는 사람들이 있어, 우리는 지금을 산다.

피아노

하농은 무척 따분했다. 이걸 왜 해야 한담. 피아노 학원에 가면 늘 하농부터 연습해야 하는 것이 무척 싫었다. 도레미 도레미 솔라시 파미레……. 여섯 살부터 중학교 시절까지 줄곧 시작도 없고 끝도 없는 도돌이표 곡을 연습했으니 지겨울 법도 했다. 체르니에서도 피아노 선율의 아름다움을 느낄 수 없었다.

좀 더 커서는 피아노 반주자를 구할 수 없는 친척 언니 오빠 결혼식에 불려나가 결혼행진곡을 칠 정도가 되었지만, 여전히 피아노 소리에는 매력을 느끼지 못했다. 간혹 어머니는 어려운 집안 형편을 무릅쓰고 나를 피아노 학원에 보내곤 했다. 어머니의 정성을 알면서도 십여 대의 피아노가 한꺼번에 뚱땅거리는 그곳에서 나는 한 번도 피아노 소리를 아름답게 듣지 못했다.

중학교 이학년 때 처음으로 내 피아노가 생겼다. 해마다 지하 전세방을 옮겨 다니다가 관악산 자락 남현동 산동네의 작은 연립주택 이층에 우리 집이 생긴 지 몇 년 지나지 않아서다. 살림살이가 나아진 부모님이 덜컥 피아노를 사준 것이다.

집에 피아노가 생긴 지 얼마 되지 않아, 같은 반 친구가 좀 더 산쪽에 위치한 연립주택으로 이사를 왔다기에 놀러 갔다. 얼마 전까지 내가 살았던 지하 셋방과 똑같은 작은 방이었다. 단칸방에는 살림살이가 어지럽게 널려 있었는데, 어울리지 않게도 커다란 피아노가 자리를 잔뜩 차지하고 있었다. 그 친구가 환히 웃으며 말했다.

"난 피아노 소리가 너무 좋아!"

'피아노 소리가 뭐가 좋다는 걸까.' 나는 고개만 갸우뚱했을 뿐 친구의 말에 맞장구치지 못했다.

피아노 소리에 빠져든 것은 나이가 들고 어른이 된 후였다. 사법시험을 준비하던 스물여섯, 젊지만 몸과 마음이 무겁던 시절이었다. 긴장 속에 하루하루를 보내며 답답함과 우울함이 몰려올 때면 이를 떨쳐내려 피아노를 쳤다. 그러다 문득 피아노 건반에 내 감정을 실어 소리의 강약과 이어짐을 만들어낼 수 있게 되었다. 손가락

이 아니라 몸 전체의 근육과 응축된 감정으로 소리를 내야 한다는 것을 뒤늦게 깨달은 것이다.

그제야 피아노 소리가 좋다던 친구의 모습이 떠올랐다. 사업에 실패한 아버지, 그래서 급히 이사온 지하 단칸방, 이부자리 하나 펴기에도 비좁은 곳이지만 딸을 위해 피아노를 처분하지 않고 가져온 부모의 마음, 지상에서 지하로 내려앉았을지라도 피아노가 있어 조금이나마 위안 받았을 친구의 마음.

그래서 피아노 소리가 더 좋았는지도 몰라. 그래서 나는 모르는 아름다움을 느꼈는지도 몰라. 나에게 모자라고 부족해야만 알게 되는 게 아름다움인가 보다. 아름다움을 느끼고 만들어내는 능력도 힘들고 어려울 때라야 비로소 생겨나나 보다. 그때 깨달았다.

이사 갈 때마다 그 피아노를 끌고 다닌다. 벌써 삼십 년이나 된 악기이지만 게으른 탓에 조율도 하지 않아 음정도 잘 맞지 않는다. 해 뜨기 전에 나가 밤늦게 들어오는 생활이라 피아노를 칠 기회도 거의 없다. 하지만 답답하고 힘겨워 내 안에 쌓인 것을 분출하고 싶을 때면 피아노 앞에 앉는다. 온몸의 신경을 집중시켜 마지막 남은 감정의 한 방울까지 짜내듯 가장 작고 여린 소리를 내는 순간, 아름다움이 나를 찾아온다.

이제 나이 들어 뻣뻣한 손가락은 둔해지고 침침한 눈은 재빨리 악보도 읽을 수 없지만, 피아노 소리의 아름다움을 느끼고 만들 수 있게 된 것은 나이 때문이었다. 사람의 감정이란 세월의 흐름 속에서 끝없는 인내로 가슴을 태워야만 비로소 생기는 것이어서…….

다섯 가지
다짐

좌우명이 뭐예요?

국회의원이 된 직후 어느 방송사 인터뷰에서 이렇게 묻기에 '착하게 살자'라고 했더니 기자가 웃는다. 조직폭력배 영화에 나오는 보스 같단다. 그런데, 진짜다. 이제 어딜 가든지 내가 다른 사람들 앞에서 잘났다고 할 수 있는 곳은 없어, 그저 고개 숙이고 '네, 깊이 담아두겠습니다' '잘못되었습니다' '고치겠습니다' 하는 것 말고 내가 할 수 있는 건 없어, 국민의 공복으로 산다고 맹세했으니 그렇게 다 듣고 쌓아두는 수밖에 없어, 라고 생각했다. 해서 아예 착하게 살기로 했다. 내 인생의 첫 번째 다짐이다.

나도 사람인데 당연히 화가 치밀 때도 있고 불끈할 때도 있다.

가끔 정부 여당에는 독설을 퍼붓기도 했다. 하지만 내가 몸담고 있는 조직에서는 화를 내면 안 되는 자리에 있기에 그러지 않으려고 노력한다. 일단 꾹 눌러 참는다. 못 참으면 내 탓이라고 나 자신에게 종주먹을 들이댄다. 그래도 결국 못 참고 아주 냉랭해질 때가 있다. 아직도 수양이 부족하다. 착하게 살아야 하는데…….

내 인생의 두 번째 다짐은 사람을 믿는 것. 먼저 믿고 또 믿는다. 가까운 사람들에 대한 믿음에 금이 가고, 사랑하는 사람들의 얼굴에 주름이 질 때가 가장 힘겹다. 내 안에서 무너진 믿음의 형체가 보일 때도 무척 괴롭다. 마음이 무거우면 곧 몸이 반응한다. 가슴이 조이는 듯 아프고, 아랫배가 땅속으로 꺼지는 것처럼 무겁다.

무너진 믿음에 대한 기억의 잔영을 끊임없이 가라앉히고 삭히려고 노력하면서 그 끝에 나를 내려놓는다. '그래, 내 잘못이지' 하고 돌아볼 수 있는 시간이 갑자기 찾아온다. 그때가 되면 비로소 고통의 기억에서 자유로워진다. 다시 믿어야지. 또 무너지더라도 먼저 믿어야지. 사람들과 함께 일하며 내가 쓸 수 있는 방법이란, 이것밖에 없잖아.

세 번째 다짐은 반드시 이긴다고 믿을 것. 사정이 있더라도 시간이 걸리더라도 결국에는 사람들이 세상을 좋은 모습으로 바꿀 것이라고 믿어야 한다. 누가 손에 잡히는 뚜렷한 근거를 조목조목 들이대지 않아도 그럴 수 있다고 믿어야 한다. 이 믿음이 없으면 '과연 될까' 하는 불안과 우려에서 벗어나지 못한 채, 조급증과 소극성을 무한 반복한다.

어차피 안 될 텐데 저 사람들을 설득한다고 될 턱이 있느냐며 대책 없이 일을 저지르거나, 지금 이것마저도 안 하면 영영 할 수 없다고 도리어 우리 편을 설득해 주저앉히는 좌충우돌이 되풀이된다. 설사 지더라도, 일단 반드시 이긴다고 믿을 것. 그래야 진짜 이길 방법을 찾아내 승리할 수 있다.

네 번째 다짐은 의존하지 말 것. 일에 매달려 눈코 뜰 새 없이 앞으로 달려가다 잠시 돌아보면, 몸과 마음은 또 무언가에 한없이 의존한 채 살아가고 있다. 커피를 몸에 쏟아 넣기도 하고, 건강을 챙긴다는 명목으로 영양제와 비타민에 의존하기도 한다. 시간 아끼겠다고 자동차에 의존하기도 한다.

물건뿐 아니라 사람에게도 의존한다. 주변 사람에게 매달리다 작은 일에 섭섭해하고 실망한다. 몸이 스스로 서야 건강하게 살 수 있고, 마음 역시 그러하기에 의존의 습관을 벗어던지려 애쓴다. 하지만 온전히 홀로 서는 것은 마흔을 넘긴 지금도 무척 어려운 일이다.

다섯 번째 다짐은 욕심을 버릴 것. 욕심이 조금만 자라도 제 자신은 물론 함께한 모두를 망치는 게 정치다. 자리 욕심, 이름 욕심을 버려야 한다. 욕심을 버리는 가장 빠른 방법은 먹는 욕심을 내려놓는 것이다. 단식을 하면 세상이 다르게 보인다.

먹는 욕심이 없어지면 세상사 자잘한 이익에서 한 걸음 떨어져 사물을 보게 된다. 몸이 아주 힘들 때, 가끔 스물네 시간 음식을 끊는다. 비우는 것만큼 좋은 게 없다. 이름과 자리와 돈에 욕심내지 않으면, 내 마음에 쭈뼛거릴 일이 없다. 내 걸음에 주저할 게 없다.

길

올바른 길이 무엇인지 내가 알 수 있을까, 찾을 수 있을까. 완전치 못한 나이기에 늘 첫 질문은 이렇다. 알 수 있을 거야. 첫 대답도 늘 이렇다. 그 무엇도 알 수 없다면, 옳고 그른 것을 가릴 수 없다면, 어떻게 해도 이 세상을 제대로 살아갈 수 없잖아.

열아홉 살, 대학에 들어가면서 나 자신에게 내보인 용기는, 세상에 대해 아는 것은 없지만 언제나 착하게 살겠다는 소박한 결심뿐이었다. 고등학교 내내 신문 한 장 읽지 않고 사지선다형 문제만 풀며 단순하게 살아온 나에게 대학과 사회로 열린 문은 아주 육중하고 거대했다. 열등감을 느꼈고 많이 긴장했다. 나에 대해서는 손톱만 한 믿음밖에 가질 수 없었다.

그해 겨울, 동네 어귀에서 우연히 중학교 동창을 만난 뒤 나를 둘러싼 우연에 대해 곰곰 생각하다가 세상에 대해 좀 더 알아야겠다는 호기심이 발동했다. 그 중학교 동창은 공부를 잘했다. 1980년대 중반은 공부는 잘하지만 집안 형편이 어려운 여중생들이 여상(여자상업고등학교)으로 많이 진학하던 시절이었다. 더구나 큰딸은 살림 밑천이고 남동생 학비는 큰 누나가 벌어야 한다는 인식이 팽배해 있을 때였으므로, 집안의 장녀이자 남동생도 있는 그 친구는 취업률 100퍼센트라는 당시에 꽤나 유명한 여상으로 진학했다. 그리고 졸업도 하기 전에 취업해서 직장엘 다녔다.

나, 대학 갈까 봐, 직장 다니다 보니 힘들어. 오랜만에 만난 그 친구가 말했다. 무슨 우연으로 친구 아버지는 사업에 실패하고, 우리 아버지는 사업을 계속해서 딸을 공부시킬 수 있었을까. 내가 살아가는 이 자리는 우연과 우연의 조합으로 만들어진 것이니 마냥 내 것이라고 고집해서는 안 되는구나, 이런 우연을 당연한 일로 생각해서는 안 되는구나, 깨달았다.

스무 살, 1987년 6월 항쟁을 함께 경험한 동기들이 사법 시험을 준비하러 도서관에 들어갈 때, 나는 거리로 향했다. 세상을 더 많이 알고 싶었다. 세상 이치를 꿰뚫어 보는 눈을 갖고 싶었다. 한발 떨어져 지켜보고 입으로만 말하는 제삼자가 아닌, 직접 길을 헤쳐

나가는 당사자로 살고 싶었다. 사람들 속에서 지혜를 얻지도 못했고, 사람들과 함께 힘을 키우는 일에도 너무나 서툴렀던 내 부족함을 채우고 싶었다.

더 거친 세상으로 뛰어들어 땀으로 범벅이 되어 살았다면 그 방법을 찾았을지도 모른다. 하지만 용기를 내지 못했다. 쪽방과 공장 기숙사와 노동의 일상이 낯설었다. 아니, 두려웠다. 겨울에도 따뜻한 물로 매일 머리를 감을 수 있는 집을 떠나 찬물조차 쓸 수 없는 곳으로 가기가 두려웠다. 그러나 그 두려움을 아무에게도 털어놓지 못했다. 부끄러운 두려움이었기에. 결국 못하는 일은 못하는 일로, 부족한 것은 부족한 것으로 두고 잘할 수 있는 일을 하자며 사법 시험을 준비했지만, 마음 한구석의 좌절감은 떨쳐버리지 못했다.

서른 살, 사법연수원에 들어가 법조인으로 출발하기 전에 시신기증을 서약했다. 해부 실습용으로 쓰이게 해달라고 했다. 나의 정신과 마음이 몸에 스며들 것이고, 죽음 이후 누가 내 몸을 들여다볼 때 내 삶을 알아챌지도 모르니까 깨끗하게 살자고 결심했다. 변호사로서 누구보다 열심히 일하고 공부했다. 십일조를 내는 종교인들보다는 좀 더 노력해야 한다는 생각에, 적어도 내 시간과 노력의 삼분의 일은 공익적인 일에 쓰겠다고 결심했다. 의미 있는 성과도 있었다.

그러나 돈을 벌고, 공익적인 활동을 하고, 아이를 키우는 일의 불안한 삼각 균형을 맞추는 데만 급급한 내 모습을 보면서 적잖은 회의가 들었다. 내가 너무 안락한 삶만을 추구하는 건 아닐까, 많이 약해진 건 아닐까, 이십대에 용기를 냈다면 어땠을까, 그랬다면 좀 더 강해지지 않았을까 등등.

마흔을 앞두고, 이미 만들어진 법 위에서만 일하는 변호사가 아니라 다른 방법으로 직접 정부 정책에 영향을 미칠 수 있는 일을 해보겠다고 사무실을 정리했다. 십 년의 민주정부가 교체되는 현실 앞에서, 이제 길게 준비해서 십 년 뒤에는 다시 이겨야 한다고 생각했다. 육 개월이라도 공장엘 다닐까. 이십대에 채우지 못한 간절한 열망이 되살아났다. 강하지만 낮고 평범하게 살아가고 싶은 열망.

마흔 살, 민주노동당 국회의원이 되었다. 이틀 만에 내린 결정이었다. 처음엔 차마 거절하지 못해 받아들인 일이었지만, 결국 나를 인생의 바다에 띄우는 결단이 되었다. 수많은 말들이 나를 통해 흘러나가도록 몸을 열어두었다. 인생의 남은 절반은 이제 나의 것이 아니다. 마음대로 뭍으로 돌아올 수도 없다. 왜 하필 나일까, 더 이상 되물어서도 안 된다. 준비가 부족하다고 머뭇거려서도 안 된다.

어떤 파도가 밀어닥칠지도 알지 못한다. 파도에 휩쓸려 물속으로 가라앉을지, 나뭇조각이라도 붙잡고 다시 물 위로 올라올 수 있을지 장담할 수 없다. 그저 어느 순간, 물결이 밀어 올려줄 것이라고 믿을 뿐이다. 하지만 작은 파도에도 흔들리는 나를 보며 뒤늦게 후회도 한다. 이십대에 나를 단련시킬 경험이 있었더라면, 그리하여 내가 좀 더 강한 사람이었으면.

내 삶을 올바른 길로 끌고 가는 일은, 곧 나에게 부족한 것을 제때 인식하고 채우는 일이었다. 부족함을 채우는 숙제를 제때 하면 삶은 흔들림 없이 올바른 방향으로 나아가겠지만, 다 하지 못한 채 다음 단계로 넘어갈 때가 많다. 삶의 한 순간에 하지 못한 숙제는 오랜 시간이 지나도 그대로 남는다. 그 숙제를 마칠 수 있는 기회가 있을지도 장담할 수 없다. 그 때문에 때로 막막하다. 하지만 포기하지는 않았다. 앞으로도 그럴 것이다.

스무 살

남들보다 초등학교를 일 년 일찍 들어간 나는 대학 삼학년 때 스무 살을 맞았다. 하지만 '스무 살'이 인생에서 완전한 성인이 되는 시기를 말한다면, 내 인생의 스무 살은 대학 일학년인 1987년에 시작되었다.

그해에 나를 지배한 것은 열등감이었다. 그 당시 대학 신입생 절반 이상이 그랬듯이 나도 학회에 들어가 '세미나'라는 것을 했지만 대부분 이해하기 어려운 내용뿐이었다. '법철학'이라는 말에 흥미를 느껴 법철학회에 들어갔다. 하지만 세상 돌아가는 이치도 알지 못하는 터에 포이어바흐나 헤겔을 읽어도 이해하지 못한 것은 당연했다.

선배들은 세미나를 통해 세상은 어떻게 움직이고 사람들은 어떻게 행동해야 하는지 저마다 말하고, 동기들은 술자리에서 밤늦게까지 각자의 고민을 털어놓았다. 솔직히 나는 무엇을 말해야 할지 몰랐다. 말 한마디를 꺼내기 어려웠다. 신림동 녹두거리 초입의 허름한 이층 중국집에서 짬뽕 국물을 안주 삼아 이런저런 얘기로 밤이 깊도록 술잔을 기울였지만, 나의 부적응 상태는 여전했다.

1987년, 4·13 호헌조치 이후 서울대학교 관악캠퍼스 이만 명 중 만오천 명이 아크로폴리스 광장에 모여 교내 시위를 할 때 함께 최루탄 냄새를 맡았고, 6월 항쟁의 한 자락을 거리에서 함께했다. 하지만 정작 백만 명이나 되는 군중이 모인 7월 9일 이한열 열사 장례식에는 가지 않았다. 그날 장례식에 함께 가자는 선배에게 내가 가지 못한다고 내세운 이유는 영어 스터디 시간과 겹친다는 것이었다. 오히려 나보다 이런 일에 관심이 없을 것 같았던 물리학과 스터디 친구가 이한열 열사 장례식에 가야 한다며 오지 않았다.

세상이 바뀌는구나 싶었지만 나는 어떻게 행동해야 할지 스스로 알지 못했다. 오랜 시간 학력고사에만 매달린 채 아무것도 보지 않고 달려오면서 커진 내면의 궁핍을 채우지 못하던 때였다.

그해 여름, 나를 일깨운 것은 여성운동이었다. 여성이라는 이유로 나에게 쏟아졌던 다른 시선과, 큰딸은 살림 밑천이라는 이유로 내 친구들이 감당해야 했던 다른 미래의 실체가 눈에 들어오기 시작했다. 여성운동의 이론과 경험을 공부하고 공감하면서 비로소 알고 싶은 것이 생겨났다.

가난한 집안의 딸들은 왜 남동생의 진학을 위해 상업학교를 가야만 하고 대학을 포기해야 하나. 왜 일하는 여성들은 가정을 책임지는 남자가 아니라는 이유로 남성 노동자 임금의 절반밖에 받지 못할까. 남녀의 불평등은 어떻게 남녀의 타고난 성향이나 뇌의 크기와 같은 비합리적인 논거 위에서도 굳건히 유지되어 왔을까.

이론은 나의 경험과 한 덩어리가 되어 내 머릿속에 자리 잡기 시작했다. 다른 사람에게 전하고 싶은 이야기가 마음속에 담기기 시작했다. 하고 싶은 일이 생겼다. 여성의 눈으로 세상을 바라보고 바꾸고 싶었다. 그해 겨울이 되어서야 나는 비로소 열등감에서 벗어날 수 있었다.

대학 일학년 일학기 이후, 나는 십대의 마지막 시간과 이십대의 절반을 여성운동으로 보냈다. 이백칠십여 명의 법대 동기들 가운데 여학생은 스물네 명밖에 없을 때였다. 절대 다수의 남학생들 사이에서 생활하면서 자연스럽게 느꼈지만 묻어두었던 여성으로서의 다름을 나는 숨기지 않고 드러내기 시작했다. 밤이 늦으면 무조건 집에 가겠다고 술자리를 털고 일어났다. 갓 스물의 청춘들에게도 은연중에 배어 있는 여성에 대한 고루한 생각들을 기회 있을 때마다 지적했다. 왜 여학생회가 따로 있어야 하느냐는 물음에도 지치지 않고 여학생회를 만들었고, 여학생회 동료들의 수가 적어도 주눅 들지 않고 씩씩하게 일했다.

친구들과 함께하고 싶은 일이 생기자 거울을 보고 웃는 연습을 했다. 웃음이라도 먼저 주고 싶었다. 저만치 친구들과 선후배가 보이면 먼저 활짝 웃었다. 처음에는 '뭐가 그렇게 좋아?' 하던 사람들이 일 년쯤 지나니까 '정희는 늘 웃는다'고 했다. 웃음은 잘 사라지지 않는다. 지금도 활짝 웃는다. 먼저 웃는다.

스무 살, 웃음이 내 몸에 배어들었다.

내 마음의 두 사람

고등학교 이학년 때, 젊은 세계사 선생님이 새로 왔다. 학력고사 시험 과목이 아니었던 세계사는 중간고사나 기말고사가 다가오면 영어 수학 시간으로 종종 바뀌었고, 가뭄에 콩 나듯이 어쩌다 수업을 했다. 대학을 갓 졸업하고 온 세계사 선생님은 어딘지 그늘져 보였다. 1985년 당시의 암울한 시대 상황 때문이었는지 왜 그런지 그때는 잘 몰랐다.

여름방학이 지나고 이학기가 되어 수업에 들어온 선생님의 얼굴이 한결 밝아졌다. 누가 묻지도 않았는데 "내가 못 놀고 못 어울리는데 한번 해보니까 사람들하고 노는 게 재미있더라"라고 했다. 뭘까, 잘 모르겠다. 이학기가 다 지나가도록 수업일수가 워낙 적어두꺼운 세계사 교과서를 마치는 게 불가능할 때쯤, 선생님은 파리 코뮌을 설명하며 이런 말을 했다.

"한번 맛본 자유의 기억은 사라지지 않는다."

대학에 가서도 세계사 선생님의 그 한마디가 잊히지 않았다. 1987년 6월 항쟁을 경험하며 정말 그런가 보다, 자유의 기억은 언제든 되살아나는 것이구나, 생각했다. 1989년 봄에 선생님 소식을 들었다. 전교조를 만들다가 잘렸대, 친구들이 말해줬다. 족벌 체제로 유명한 사학재단 소유의 모교였기에, 당연히 그랬겠지 싶었다. 선생님은 전교조 분회장이었다. 아마도 '사람들과 노는 게 재미있다던' 일은 전교조 만드느라 선생님들이 모이고 공부하고 서로 부대낀 것이었나 보다, 그래서 즐거우셨구나, 그때서야 알았다.

2009년 6월 초, 노무현 전 대통령이 죽고 서울광장이 경찰 버스로 둘러싸였다. 국정 기조를 전환하고 광장을 열라고 요구하며 대한문 앞에서 단식 농성을 했다. 그런데 세상에, 선생님이 찾아왔다. 그 근처 고등학교에서 전교조 분회장을 맡고 있다고 했다. 이십 년이 지났는데 또 다시 분회장이시네요, 함께 웃었다. 선생님 얼굴이 옛날처럼 맑았다. 농성장에 여러 사람들이 찾아왔지만, 선생님이 가장 반가운 손님이었다. 나도 그 옛날의 여고생이 되어버린 느낌이었다.

다음 날 선생님이 농성장에 다시 들러 함민복 시인의 산문집 『눈물은 왜 짠가』를 선물로 주셨다. 해직의 고통을 겪고 복직한 후 이십 년을 흔들리지 않고 산다는 것, 어찌 쉬운 일이겠는가. 막막한 생계는 물론 가족의 고통을 대가로 치러야 하는 상황도 피하지 않은 사람의 마음을, 다시 생각했다. 선생님이 해직되었을 때 친구들은 이렇게 소식을 전했다. 트럭 운전한대.

송철 선생님, 선생님께서 이십 년 전 수업 시간에 육십 명 여고생들에게 하신 그 한마디가 제 인생의 물길을 이렇게 돌린 것은 모르셨지요? 그랬답니다. 고맙습니다.

얼마 전에 우연히 이석태 변호사를 만났더니 "이제는 좀 그러지 말지"라고 한다. 국회의원이 처음 되었을 때부터 지금까지 언제나 가장 존경하는 인물로 이석태 변호사를 꼽았더니 부담스러웠나 보다. 그러나 어쩔 수 없다. 마음에 없는 말도 못하지만, 마음에 있는 것을 숨기지도 못하는 사람이 나다.

나는 변호사 실무 수습을 사법연수원 이년차 때 법무법인 덕수에서 했다. 덕수를 선택한 것은 내가 사법연수원 일년차였을 때 한 시간짜리 국제인권법 강의를 했던 덕수 소속의 조용환 변호사에게 반했기 때문이다. 하지만 정작 실무 수습을 나갔을 때는 이석태 변호사가 더 반갑게 맞아주었고 연수 기간 내내 연수원생들에게 일감도 주고 다양한 토론도 함께했다.

나도 변호사 시절에 늘 사법연수원생들을 시보로 맞았지만, 사법연수원생들에게 일을 시키고 그것을 검토하는 게 내가 직접 일하는 것보다 훨씬 어려워서 연수원생들을 잘 챙기지 못했다. 그러나 이석태 변호사는 늘 후배들과 기꺼이 함께 일하는 분이었다.

사실 나는 이석태 변호사를 법조계에서 만나기 전에 먼저 번역가로 알고 있었다. 변호사 실무 수습 전에 우연히 헬렌 니어링의 『아름다운 삶, 사랑 그리고 마무리』를 읽었는데, 명징하고 정갈한 번역에 감탄했다. 생태주의의 교본과 같은 이 책의 옮긴이가 현직 변호사라는 사실을 알고 다시 한 번 놀랐다. 그가 이석태 변호사였다. 그 때문인지 나는 실무 수습을 하던 두 달 내내 이석태 변호사를 경이로운 눈으로 바라보았다. 더구나 당시에는 우리 사회에서 전혀 부각되지 않았던 동성애 문제의 법률적 쟁점 검토를 과제로 내줬고, 그때만 해도 커밍아웃하는 경우가 극히 드물었던 동성애자들을 만나 그들의 이야기를 들을 기회까지 만들어주었다. 두 달은 새로운 경험의 시간이었다.

초임 변호사가 실무 수습을 했던 법무법인 사무실의 변호사로 다시 들어가는 일은 흔치 않다. 하지만 나는 이석태 변호사와 함께

한 경험 덕에 다시 덕수에 들어갔고, 매향리 미 공군 폭격장 소음 피해 소송, 호주제 위헌청구 소송, 양심에 따른 병역거부 헌법소원 등을 그와 함께 맡아 진행했다. 또한 이석태 변호사는 주한미군지위협정 문제를 비롯해 한미 관계와 평화 안보 문제 등을 폭넓게 다루는 민변(민주사회를 위한 변호사모임)의 미군문제연구위원회의 위원장을 맡아 큰 역할을 했다.

다른 무엇보다 이석태 변호사와 함께 일하면 어려운 것이 없었다. 새로운 인권 평화 등의 여러 문제를 사회에 제기하고 동의를 모아내고 법정 쟁송으로 결정짓는 과정에서, 다양한 사람들의 입장 차이와 불편함이 스르르 녹아 사라졌다. 비결은 하나였다. 나를 먼저 생각하지 말고 무엇이 공공의 이익에 부합하는가 생각하는 것.

오후 4시가 넘으면 이석태 변호사가 "정희 씨, 이야기 좀 할까" 하며 방에 들어와 새로운 일의 구상을 펼쳐놓던 게 생각이 난다. 그렇게 시작된 일들이 우리 사회의 구석구석을 변화시켰다. 볕도 잘 들지 않는 어두컴컴한 방에서 그가, 다른 사람들이 나를 좋아하게 만드는 방법이 뭔지 아느냐고 웃으며 묻던 모습이 생생하다. 답은 '내가 먼저 사랑하라'다.

가족의 이름으로

"여보, 우리는 한 그루의 나무요. 나는 땅 위에 서 있는 나무요, 당신은 나의 뿌리요. 당신의 뿌리가 튼튼하여 땅속 깊숙이 자리 잡고 많은 수분과 양분을 올려주어야만 위에 서 있는 지상의 나무인 내가 싱싱하고 왕성할 것 아니요."

—작곡가 윤이상 선생이 부인 이수자 여사에게

깍두기 국물

56

어린 시절 기억 속에 가장 맛있는 음식은 어머니가 담가준 깍두기 국물이다. 깍두기보다 새큼한 국물이 좋았다. 한참 자랄 때, 아무리 먹어도 허기지는 것은 여자아이들도 마찬가지다. 새참으로 깍두기 국물에 밥 한 그릇을 뚝딱 비벼 먹으면 새우깡보다 맛있었다. 음식점에 갔을 때 잘 익은 깍두기가 나오기라도 하면 깍두기보다 국물을 차지하려고 호시탐탐 기회를 엿본다. 하지만 대개 국물만 남으면 깍두기를 덤으로 더 가져다주는 친절한 주인들 덕분에 깍두기 국물에 밥 비벼 먹을 기회가 쉽게 오지 않는다.

깍두기와 함께 어머니가 자주 해준 음식이 감자 요리다. 삶은 감자, 감자국, 감자볶음, 감자조림. 밥상에 감자가 빠지는 날이 별로 없었다. 어머니는 오빠와 나를 임신했을 때 감자가 그렇게 먹고 싶었다고 한다. 1960년대 후반은 감자가 제법 값이 나갈 때였다고 하는데, 아버지가 감자를 사오자마자 껍질 벗길 틈도 없이 쪄서 바로 먹었다고 한다.

그 영향 때문인지 나도 감자를 무척 좋아한다. 결혼 직후, 남편에게 내가 아플 때 다른 반찬은 필요 없고 감자조림만 해주면 된다고 했을 만큼, 식당에서 감자조림이 나오면 늘 한 그릇을 더 청할 만큼 감자를 좋아한다.

하지만 지금까지 아쉽게도 남편한테서 감자조림을 얻어 먹어본 기억이 없다. 식당에서 먹는 감자조림도 어머니 손맛에 비할 수 없다. 어머니의 감자조림은 언제나 그립다. 친정에 가면 오늘은 감자조림 안 해주시나 하고 은근히 기대한다. 어머니에게 나는 늘 딸이다.

어머니의 손맛을 잊지 못하게 하는 최고의 음식이 또 있다. 만두다. 엄마표 만두는 내가 늘 냉동실에 고이 보관하는 특급 음식이다. 가끔 어머니가 만두를 빚어 주기라도 하면, 아이들과 남편 몰래 숨겨놓았다가 힘들 때마다 꺼내 먹는다.

그 만두에는 김치 맛과 함께 늘 어머니의 손맛이 배어 있다. 먹고 나면 힘이 난다. 어머니 혼자 이 많은 만두 빚느라 힘들었을 것을 번연히 알면서도, 바쁠 텐데 오지 말고 잠이나 푹 자라는 어머니 말을 벌써 십오 년 동안이나 곧이곧대로 들으며, 나는 무척이나 무심한 딸로 산다. 엄마. 엄마.

모성 발견

왜 그럴까.

슬픈 일은 오래 기억되고 시시때때로 되살아난다. 가슴 깊은 곳에 가라앉아 있다가 의도하지 않은 때에 솟아나 마음을 뒤흔든다. 그런데 기쁜 일은 오래 기억되지도 않고 수시로 눈앞에 떠오르지도 않는다. 기억은 공평하지 않다. 나의 내면 깊은 곳에는 기쁨보다 슬픔이 많다.

그래도 가장 기뻤던 순간은 큰아이를 낳은 때다. 그 순간은 종종 떠오른다. 아이를 가진 지 얼마 되지 않아 몸이 아파 동네 산부인과에 가서 엑스레이를 찍었다. 임신중절 수술을 많이 한다고 소문난 그 산부인과 선생에게 괜찮겠느냐고 물었더니 '기형아가 나올 수 있으니 수술하라'고 해서 집에 와 엉엉 울었다. 입덧을 할 때는 하루 열세 시간씩 잠에 취해 도대체 내가 이 아이를 끝까지 키워 낳을 수 있을지 걱정했다.

이 모두를 뒤로 하고 막 태어난 큰아이의 머리와 몸에 뽀얀 양수가 덮여 있는 모습이 어찌나 예쁘던지. 열 달 동안 보고 싶던 얼굴을 드디어 만나니 얼마나 반갑던지. 이렇게 말하면 작은아이가 저 낳을 때는 어땠느냐고 시샘할지도 모르지만, 미안해, 어쩔 수 없네, 엄마는 거짓말 못 해.

큰아이를 낳기 전과 후로 내 삶은 크게 바뀌었다. 서른 살, 많지도 적지도 않은 나이. 그 전이나 후에도 어설프기는 마찬가지였지만, 본능적인 모성이 나에게도 생겨났다. 남편은 막상 갓 태어난 큰아이를 보니 낯설기만 하지 별로 좋은 줄 모르겠다고 했다. 그 뒤로도 몇 달 동안 어색했다고 하지만, 나는 자연스레 젖이 돌듯 모성을 느꼈다.

모성이란 참, 신기한 것이다. 아이를 품어 키우기 시작하며 나는, 이 아이는 내 인생에서 가장 큰 선물이라고 되뇌었다. 젖을 물리고 토닥이고 돌보는 반복 노동을 되풀이하면서 이 아이가 나의 하느님이지, 생각했다. 조건 없이 우러나오고 끝도 없이 흘러나오는 정성이 바로 모성이었다. 물론 나에게서 그 완전한 형상을 발견한 것은 아니다.

어머니로서 나에게 점수를 매긴다면 그때나 지금이나 거의 낙제점 수준이다. 언젠가 방학을 맞은 큰아이가 안경을 잃어버렸다며 새로 맞춰야 한다고 말해도, 몇 주일이 지나 결국 고모에게 얘기해서 안경을 새로 맞출 때까지도 나는 까맣게 잊고 살았다. 원래 낮았던 점수는 갈수록 더 떨어졌다.

하지만 이런 나에게까지 생겨나는 모성을 느끼면서, 내가 핥아먹고 받아먹기만 했던 내 어머니의 정성을 다시 기억하고 모성의 원형을 이해하게 되었다. 그때서야 나희덕 시인의 시도 이해하게 되었다. 세상의 모든 어린것들이 나를 어미라 부른다고 알아채는 그 마음을.

어디서 나왔을까 깊은 산길
갓 태어난 듯한 다람쥐 새끼
물끄러미 나를 바라보고 있다
그 맑은 눈빛 앞에서
나는 아무것도 고집할 수가 없다
세상의 모든 어린것들은
내 앞에 눈부신 꼬리를 쳐들고

나를 어미라 부른다
괜히 가슴이 저릿저릿한 게
핑그르르 굳었던 젖이 돈다
젖이 차올라 겨드랑이까지 찡해오면
지금쯤 내 어린것은
얼마나 젖이 그리울까
울면서 젖을 짜버리던 생각이 문득 난다
도망갈 생각조차 하지 않는
난만한 그 눈동자,
너를 떠나서는 아무 데도 갈 수 없다고
갈 수도 없다고
나는 오르던 산길을 내려오고 만다
하, 물웅덩이에는 무수한 송사리 떼
—나희덕, 「어린것」

시어머니

2006년 봄, 시어머니에게 뇌종양이 생겼다. 시어머니는 2007년 겨울에 돌아가실 때까지 이 년 가까이 힘든 시간을 보냈다. 언어를 관장하는 뇌 부위에 종양이 생겨 방사선 치료를 했다. 잠시 호전되어 말도 되찾고 하루 여섯 끼의 식사도 하며 회복하는 듯했지만, 다시 악화되자 방법이 없었다. 또 다시 말을 잃고 손발이 마비되고 식사도 하지 못한 채 몇 달을 누워 있다가 세상을 떠났다.

시어머니는 젊은 시절부터 아주 어렵게 집안 살림을 꾸려왔다. 황해도 개성의 넉넉한 집안 구남매 중 막내였는데, 스무 살 무렵 한국전쟁 때 서울 큰 외삼촌 집에 다니러 왔다가 삼팔선이 막히는 바람에 고향으로 돌아가지 못했다고 한다.

마땅히 의지할 곳도 없고 살림마저 어려웠던 시어머니는 무엇이든 버리는 법이 없었다. 살림살이가 조금 편 후에도 곰국 한 솥, 이북식 만두 한 솥, 간장 된장 몇 항아리를 아들네는 물론 셋방 살던 이웃 할머니에게 나눠주는 것 외에는 평생 아끼며 살았다. 돈주머니를 만들어 속바지에 매달아 꼬깃꼬깃한 돈을 넣어가지고 다녔다.

아무리 큰 아주버니 부부가 넉넉히 생활비를 챙겨 주어도, 1970년대에 지은 화곡동 낡은 일층 주택에서 기름 값 아낀다고 한겨울에 보일러도 켜지 않고 안방에 전기장판 하나만 켜놓고 지냈다. 낡은 집 마당에도, 심지어 그 자리에 새로 지은 창고에도 폐지가 늘 가득 차 있었다. 한 달이고 두 달이고 모은 폐지를 내다판 돈으로 동네 노인들에게 국밥이라도 한 그릇 사주거나 동네 노인정 살림에 보탰다. 시어머니의 손은 늘 거칠었다. 한겨울에도 폐지를 줍느라 쩍쩍 갈라진 손, 뜨거운 냄비를 만져도 아무런 느낌이 없을 만큼 무디어진 손.

시어머니는 걸걸한 성격인지라 싫은 게 있으면 마음에 담아두지 않고 곧바로 얘기했다. 정도 많았다. 그래서 그런지 둘째 며느리를 무척 아껴주었다. 마흔이 다 되도록 혼자인 둘째 아들이 결혼도 못할 줄 알았는데 갑자기 며느릿감이 생겨서 다행이라고 생각했을지도 모른다. 큰며느리와 달리 둘째 며느리인 나는 늘 어머니로부터 무엇이든 넘치도록 받기만 했다.

그런 어머니가 몸져누웠다. 바짝 마른 몸은 절반으로 줄어들었다. 말을 잃고 기력을 잃으면서 온갖 고통을 호소했고, 괄괄한 어머니는 하루에도 몇 번씩이나 울었다. 그 고통이 다 끝나서였을까, 모든 서러움이 멈추어서일까. 죽기 전 몇 달 동안 어머니는 하루 스물네 시간을 잠들어 있었다. 튜브를 통해 유동식을 넣어드려도, 변을 치워드려도 마찬가지였다. 아무런 반응도 없었지만, 때로는 코까지 골면서 잤다.

전쟁으로 가족과 헤어진 채 혈혈단신으로 살아온 외로운 날들, 갈라진 가족들을 그리워할 겨를도 없이 자식들을 키우느라 고달팠던 삶, 어려운 살림살이에 고심하다 잠들지 못한 나날들. 어머니는 팔십 평생 미뤄놓았던 휴식을 한꺼번에 취하려는 것 같았다. 평생 거칠었던 손이 그때서야 비로소 아기 손처럼 보들보들해졌다.

병상에 있던 어느 날, 어머니가 갑자기 자다가 "엄마, 엄마" 하고 외쳤다. 전쟁으로 헤어진 채 수십 년 동안 아무런 소식도 모르고 지낸 가족 때문이었을까. 만나고 싶다고 입 밖에 꺼낸 일도 없고, 아들이 아무리 권해도 이산가족 면회 신청은 물론 개성 관광도 안 한다고 손사래 쳤는데, 무의식 속의 그리움이 마지막으로 엄마를 불렀을까.

어머니가 떠나고 나니 후회의 감정이 몰려온다. 입관의 순간, 몹시 울었다. 죄송했다. 어머니는 늘 나를 아껴주었는데, 나는 정작 아무런 기쁨도 드리지 못하고 떠나보냈다. 어머니가 평생 처음으로 가족의 손을 필요로 할 때, 나는 그 시간조차 힘겨워했다. 어머니가 입원하면서 2006년 초부터 시작한 평택 대추리 미군기지 이전 문제에서 손을 떼게 됐다. 어머니도 편하게 모시지 못하고 다른 일도 제대로 하지 못하면서 괴로워하기만 했다. 잘못했다. 어머니가 떠나고 나서 무척 부끄러웠다.

사슴벌레 키우는 아이

큰아이가 초등학교 때 사슴벌레를 키웠다. 동네 마트에서 파는 사슴벌레를 사다가 키우고 싶다고 하면 "생명이 있는 것을 사고파는 건 그리 좋은 일이 아니야" 하고 들어주지 않았다. 또 숲에서 잡아다가 키우겠다고 하면 "가두는 것도 좋지 않아" 하고 말렸다. 하지만 끝내 누가 나눠주는 사슴벌레를 받아 와서 키우게 되었다.

한 해쯤 지난 어느 날, 큰아이가 키우던 사슴벌레 통에 수십 마리의 애벌레가 생겼다. 유난히 벌레를 싫어하고 무서워하는 나는, 애벌레가 있는 쪽은 쳐다보지도 않고 큰아이에게 말했다.

"마루 여기저기에 기어 다니지 않도록 조심해."

큰아이가 대뜸 대답했다.

"걱정 마, 엄마. 굼벵이는 구르는 재주가 없어."

그렇구나. 아이한테 배웠다. 굼벵이도 구르는 재주가 있다는 속담을 들었는데, 실제로 사슴벌레 애벌레는 구르지 않았다.

저녁을 먹고 한밤중까지 꼬박 애벌레를 여러 통에 조금씩 나누어 담고는 큰아이가 한숨을 쉬며 말했다.

"사슴벌레 돌보기도 이렇게 힘든데……. 엄마는 나 키우느라 정말 힘들었겠다."

아니, 힘들지 않았어. 너는 사슴벌레보다 훨씬 예뻐.

생명들과 함께 자란 아이는 자연 속에서 나보다 성숙하고 침착하다. 이제 중학교 일학년, 아직 솜털이 송송한 나이지만, 나는 첫째 아이에게 많은 것을 의지한다. 아직 초등학생인 둘째 아이도 산에 갈 때면 나에게 손을 내밀어 넘어지지 않게 도와준다. 아이 손에 의지해서 갈 때면, 마음이 놓인다. 아직 내 키보다도 작은 아이인데도.

스물예닐곱 살, 사법 시험을 준비할 때 많이 아프고 힘들었다. 하지만 남편을 만나고 큰아이가 생긴 후, 그 생명력이 나를 살려냈다. 이 아이는 내 보물이야. 이상하다, 작고 여린 아이로부터 힘을 얻다니. 아무리 아파도 아이 밥은 챙겨주어야 하고, 아무리 바빠도 어린이집에 아이를 데려다주어야 하고, 아무리 추워도 아이가 감기에 걸리지 않도록 내 외투라도 벗어 덮어주어야 한다. 그러면서 점점 강해지는 것은 어머니가 된 책임감 때문이다.

아이들이 잘 자라는 게 고맙다. 선생님을 따르고, 친구들과 섞이고, 친구들을 데려와 밤새도록 깔깔거리고, 숙제 한다고 수학 문제집을 손에서 놓지 못하면서 드라마 보느라고 문제도 풀지 못한다. 하지만 오히려 그렇게 평범하게 자라는 게 고맙다.

큰아이의 이름은 '빼어나지만 평범하게'라는 뜻으로 준범이다. 작은아이의 이름은 '평범한 사람들의 승리'라는 뜻으로 승범이. 내가 바라는 모습, 내가 갖지 못하고 이루지 못한 희망을 아이들의 이름에 새겼다. 아이들의 인생에 영향을 미칠 수 있는 내 권리를 이미 이름에다 써버린 셈이다. 이제는 살아가는 것이 고마울 뿐이다.

나에게 새로운 생명력을 불어넣어준 존재. 살아 있다는 그 자체만으로 나의 뿌리가 되고, 평범하게 살아가는 것만으로 힘이 되는 고마운 존재. 가족은 그런 존재다.

두부공장 딸

"남들 잘 때 같이 자고, 놀 때 같이 놀면 언제 공부하니?"

어머니의 이 한마디가 나를 공부벌레로 만들었다. 지금의 내가 일벌레가 된 이유의 절반도 어머니의 이 말 때문이다. 어머니는 특별히 무엇을 하라고 강요한 적이 거의 없다. 마음 편하게 공부할 수 있도록 그저 뒤에서 묵묵히 지켜보았을 뿐이다.

내가 학교에서 집에 돌아왔을 때 엄마가 없으면 쓸쓸해할까 봐, 어머니는 내 학창 시절에 한 번도 집을 비우지 못했다. 고등학교 이학년부터는 일요일에도 학교에 나가 아침부터 밤까지 공부했는데, 어머니는 종종 찹쌀로 인절미를 만들어 싸주셨다. 그 인절미에는 미처 빻아지지 않은 밥 알갱이가 몇 개 붙어 있었다. 요즘은 절대 맛볼 수 없는, 밥 알갱이가 씹히는 인절미가 그리울 때가 있다.

어머니가 나에게 무엇을 하지 말라고 딱 한 번 말한 적이 있다. 1986년 학력고사에서 인문계 여자 수석을 차지한 나는 이런 저런 방송과 신문에서 제법 많은 인터뷰 요청을 받았다. 좀 우쭐해진 나는 별다른 생각 없이 계속 인터뷰에 응했다. 그런데 어느 날 어머니가 물었다.

"계속 그렇게 할 거니?"

정신이 번쩍 들었다. 그 말을 듣고 나서야 내 일상으로 돌아올 수 있었다. 세상에 뛰어들었지만 중심을 잡지 못하고 세상이 끌고 가는 대로 이리저리 휩쓸리는 나를 스스로 통제할 수 있는 힘이 생기지 않았을 때, 어머니의 말씀은 참으로 귀했다.

어머니와 함께 보낸 어린 시절 기억 중 가장 좋았던 날은, 사당 시장 안 두부공장 단칸방에서 살던 다섯 살 때였다. 내가 감기에 걸리면 어머니는 판두부를 굳힐 때 쓰는 커다란 통에 물을 데워주었다. 그 안에 들어가 몸을 담그면 어머니는 따뜻한 보리차에 설탕을 타 주셨다. 달짝지근한 보리차와 두부통 안에서 나는 더운 김, 스르르 녹아버릴 것 같은 느낌이었다.

자장면 외에 어머니가 오빠와 나에게 사준 유일한 바깥 음식은 냄비우동이었다. 유부와 쑥갓, 달걀노른자가 동동 뜬 이백오십 원

짜리 냄비우동이었다. 냄비우동을 파는 분식집은 지금의 총신대입구역 근처 남성시장 옆에 새로 들어선 쇼핑센터에 있었다. 1980년대 초반, 우리 남매는 그 분식집에서 허겁지겁 뒤도 안 돌아보고 냄비우동을 먹었다. 그때 어머니도 우리와 같이 냄비우동을 먹었을까. 잘 기억나지 않는다.

아버지에 대한 기억은 늘 일하는 모습이었다. 아버지는 새벽 4시부터 일하러 나갔다. 하도 가난해 충북 청원에서 서울로 일거리를 찾아 올라온 첫날, 먹여주고 재워줄 곳을 찾았는데 두부공장밖에 없더란다. 얼마 뒤 어머니와 결혼해 오빠와 나를 낳고 지금까지 두부공장을 했으니, 이 일로만 사십 년을 넘게 보낸 셈이다.

요즘도 몸이 불편하지 않으면 새벽 일찍 공장에 나간다. 두부 만드는 일은 꼭두새벽부터 시작된다. 아침 일을 해놓고 나면 9시쯤 한숨 돌리고, 저녁 무렵 일이 끝난다. 아버지가 밤에 들어와 집에서 하는 유일한 일은 저녁을 먹는 것이었다. 아버지가 저녁상을 물리자마자 어머니는 상을 치우고 방을 닦고 이부자리를 폈다. 일찍 출근해야 하는 아버지는 잠자리에 드는 시간도 빨랐다. 저녁 9시 뉴스가 시작될 때면 단칸 지하 셋방의 불을 끄고 모든 식구가 잠자리에 들었다. 초등학교에 다니는 동안 나는 9시 뉴스를 본 적이 없다.

아버지는 쉬는 날이 없었다. 두부는 쉬 상하는 음식이라 매일 만들어내야 했기 때문이다. 명절이면 두부가 많이 팔리는 '대목'이라 아버지는 명절 전날에는 밤늦게야 집에 들어오곤 했다. 언젠가 초등학교 시절 명절에 저녁때가 한참 지나 집에 들어온 아버지가 갑자기 시골에 가자고 해서 부랴부랴 고속버스 터미널로 간 적이 있었다. 밤늦게 고속버스를 타고 밤 12시가 넘어 청주에 내려서 택시를 겨우 잡아타고 시골 큰집에 도착했다. 하지만 아버지는 아무리 늦어도 제수거리는 장만해야 한다며 고기를 샀다. 어린 마음에 이렇게 늦은 시간에 장까지 보고 가야 하나, 싶기도 했다. 명절이지만 아예 내려가지 못할 때도 많았다.

가끔 아버지는 빵을 한 봉지 가득 사들고 집에 들어오기도 했다. 오빠나 내가 학교에서 일등 했을 때, 약주 먹고 기분이 좋았을 때다. '고려빵집'의 곰보빵과 크림빵이 아버지의 유일한 애정 표현이었다. 이수역에서 사당역으로 가는 길가에 있는 그 가게는 이름이 바뀌긴 했지만 지금도 그대로 빵집이다.

중학교 이학년 때는 가족과 함께 딱 한 번 바닷가로 놀러 간 적이 있다. 그날도 아버지가 전날까지 아무 말도 없다가 갑자기 바닷가에 가자고 했다. 용산 시외버스 터미널에서 대천 해수욕장으로 향하는 만원 버스를 타고 사람들과 부대끼며 서너 시간이 넘게 달려 해수욕장에 도착했다.

처음으로 바닷가에 온 우리 가족은 왜 사람들이 바다가 가까운 깨끗한 모래사장에 텐트를 치지 않을까 의아해하면서 바닷물이 눈앞에 보이는 곳에 텐트를 쳤다. 결국 저녁에 밀물이 밀려와 급히 텐트를 들고 솔숲으로 피하고 나서야 '그 이유'를 알 수 있었다. 바닷가에 갔지만 기억나는 아버지 모습은 텐트 안에서 잠자는 모습뿐이었다. 공장 일에 피곤한 아버지에게는 바다를 즐기는 것보다 잠이 더 급했던 게다.

대학 일학년 때 처음으로 냉면을 먹어보았다. 가족이 함께 고깃집에 간 것은 그러고도 더 시간이 흐른 다음이다. 서울에서 태어나 서울에서 자랐고 방배동 카페 골목에 인접한 여고에서 부유한 친구들과 학교를 다닌 서울내기였지만, 나는 나들이와 외식 같은 약간의 사치도 누릴 수 없었다. 부모님은 자식들 책 사주는 데는 돈을 아끼지 않았지만, 나들이와 외식에 쓸 수 있는 돈과 시간은 없었다.

1970년대까지는 해마다 지하 셋방을 옮겨 다녔다. 그마저도 여름이면 늘 물이 차올랐다. 자고 있으면 어느새 이불이 젖어들고, 어머니는 '또 물 났다'면서 오빠와 나를 깨웠다. 짧게는 며칠, 길게는 한 달쯤 주인집 작은 방에서 지내야 했다. 하지만 어린 시절 여름이면 으레 그런 줄만 알았던 나는 그다지 불만도 없었고 불편도 느끼지 못했다. 오히려 내 키 높이쯤에 종이 한 장만 한 창문이 붙어 있는 지하 셋방에서 벗어나 지상에서 살아보는 즐거움을 맛보는 기회였다. 그런 나에게 이불이며 세간을 죄다 손봐야 하는 어머니의 고달픔이 눈에 들어올 리 없었다. 초등학교 육학년이 되어서야 비로소 지상의 연립주택으로 이사했지만, 그 후 오랫동안 대출금을 갚아야 했다.

1980년 전두환 대통령이 집권하면서 과외 금지를 선포했고, 이 정책은 나름 강력하게 집행되었다. 어머니는 내가 초등학교 저학년 때까지 공부 잘하는 다른 아이들처럼 나에게도 과외를 시켜야 할까 고민했다. 나도 친구들에게서 "쟤들은 과외 선생님이 잘 찍어준대" 하는 말을 들으면, 과외를 해야 되나 하는 생각이 간혹 들곤했다. 하지만 돈이 없어 피아노 학원도 그만두어야 하는 형편에 아무리 사당동 달동네 과외라고 해도 시켜달라고 할 순 없었다.

육학년 때부터는 그런 고민을 할 필요가 없었다. 넉넉한 형편이 아닌 우리 집은 그저 엄격하게 시행하겠다는 과외 금지 정책을 믿을 수밖에 없었다. 만일 그때 지금처럼 학원과 과외 수업 같은 사교육이 공공연하게 벌어졌다면, 아마도 내 인생은 달라졌을지도 모르겠다.

평생 몸으로 일한 아버지, 자식들 뒷바라지에 그 무엇도 아끼지 않은 어머니. 두 분은 나를 소박하게 키웠다. 지금의 내 모습은 두 분에게 힘입은 바 크다. 깍두기 국물만 있어도 좋고, 몽당연필을 쥐는 것만으로도 행복한 내 모습.

엄마, 힘들어?

국회의원이 되고 언제부턴가 집에 가면 아이들이 나를 안아주기 시작했다. 전에는 그렇지 않았다. 얼굴 볼 시간이 하도 없어서 그런지, 아이들이 보기에도 엄마가 안 되어 보였는지 아이들이 먼저 안아주기 시작했다. 내가 지쳐서 들어갈 때면 둘째 아이가 "엄마, 힘들어?" 하고 묻는다. 내가 옷도 안 벗고 누우면 아이들은 조용히 불을 끄고 나간다. 엄마를 애틋하게 생각하는 아이들의 마음이 전해온다.

국회의원이 되고 바빠지면서 아이들에게 주는 사랑보다 아이들에게서 받는 사랑이 더 크다. 아들 둘밖에 없지만, 두 녀석이 서로 다르다. 큰아이는 나의 장점과 단점을 똑같이 닮았고 작은아이는 남편을 닮았다. 큰아이에게 나는 딱 한 마디만 한다.

"준범이는 엄마를 똑 닮았어. 걱정하지 마. 잘할 수 있어. 마음의 힘만 키우면 돼."

그렇다고 큰아이가 늘 즐겁고 밝은 인생을 사는 것은 아니다. 제 나름으로는 친구들과 사귀기가 어려웠다며 나에게 "삼학년 때까지 왕따 당했어"라고 말한다. 한번은 밤 11시에 집에 들어간 내 앞에서 영어 숙제를 펴놓고 한 시간 동안 지겨워하다가 밤 12시가 되자 어려워서 못하겠다고 울어버린다. 동생 때문에 짜증난다며 때리고 다툰다. 매미 허물 벗듯 제 잠자리에 속옷을 벗어놓고 하루 종일 그냥 지내다 결국 잔소리를 듣는다. 책 펴놓고 게임에 정신이 팔려 있기도 하고, 게임기를 사달라고 일주일 동안 조르다 좌절하기도 한다. 그렇게 산다.

막 사춘기가 시작되는 큰아이 때문에 남편은 은근히 걱정이 많은데, 나는 그러려니 한다. 또래 아이들과 어울려 자라다가 언젠가는 스스로 길을 찾을 것이다. 새싹처럼 막 솟아나는 큰아이의 장점이 언젠가는 푸르게 피어날 것이라 기대하며, 무엇이든 몰입할 수 있는 힘과 경험을 쌓을 것이라 믿고 맡긴다.

종종 작은아이를 물끄러미 바라보다가 아이가 "왜?" 하고 물으면 "예뻐서" 하고 한마디 던진다. 작은아이는 철이 들면서부터 부끄러움도 많이 타고 자기 생각을 분명하게 밝히는 것을 좀 어려워했다. 그래서 좀 다르게 키워야겠다고 마음먹지만, 막상 적당한 방법을 찾기가 쉽지 않았다.

둘째로 자라는 것이 이 아이에게는 보탬이 될지도 몰라, 생각하면서 세밀하고 꼼꼼하고 정이 많은 작은아이의 성정이 잘 살아나도록 조금 더 여유를 주려고 한다. 둘째로서 첫째 아이가 겪은 좌충우돌의 성장 과정을 간접 경험할 수도 있고, 옆에서 바라보고 객관화함으로써 모든 것을 좀 더 깊이 생각할 수 있지 않을까.

아직 어린아이들인지라 엄마와 함께 숙제도 하고 놀고 싶어 하지만, 그럴 만한 여유가 거의 없다. 언제 시간이 나느냐고 아이들이 조심스레 물을 때마다 무척 미안하다. 다른 부모들이라면 당연히 참석하는 학교 행사에 우리 엄마는 올 수 있을지 걱정하는 아이들의 모습을 보면, 어떻게든 시간을 내서 참석하고 싶은 마음이 굴뚝같다. 내가 아이들을 기다리기보다 아이들이 나를 기다리고 참아주는 경우가 훨씬 많지 않을까.

나는 아이들이 이런 사람이 되기를 희망했다. 자연 속에서 위로받고 기쁨을 찾는 사람, 서로 나누고 사랑하는 사람, 우리말을 쉽고 정확하게 쓰는 사람. 하지만 우리 부부의 능력만으로 아이들을 그렇게 키울 수는 없었다. 이웃들과 선생님들께 의지했고, 공동육아와 대안 학교에서 아이들을 함께 키워준 많은 분들의 노고가 있었다. 그 덕분에 아이들은 자연 속에서 편안함을 느끼며 자란다. 친구들과 함께 오가며 뒹굴고 친해지는 것도 고마울 뿐이다.

다른 어른들과 함께 아이들을 키우면서 깨닫게 되었다. 아이들은 어른들이 생각하는 것보다 훨씬 더 빨리 크는구나. 어른들이 충분히 기다리면 아이들은 어느새 깨닫고 서로 껴안으며 크는구나. 수십 명의 아이들이 한 사람의 낙오도 없이 이렇게 놀랍게 자랄 수 있구나. 어른이 해야 할 일은 넉넉한 마음으로 기다리며 끝까지 믿어주는 게 전부일지도 몰라.

스물아홉, 마흔

남편은 젊고 강인하다. 마음이 푸르고 의지가 강하다. 쉽게 지치지 않는 사람이다. 남편과 처음 만났을 때 나는 스물아홉, 그는 마흔이었다. 열한 살이라는 나이 차가 부담스러울 수도 있었지만, 남편은 젊었다. 나는 별다른 나이 차이를 느끼지 않고 만났다. 지금도 남편의 젊음은 그대로다. 흰머리는 생겨났지만, 그의 의지는 세월의 연륜을 더해 더욱 단단해졌다. 나는 그의 의지를 사랑한다.

남편은 진중하다. 거듭 생각하고 매사를 두드려본다. 너무 늦었다고 후회할 때도 있지만, 결정적인 순간에는 가벼이 행동하지 않는다. 남편의 행동은 무게가 있다. 중저음의 목소리로 일의 배경부터 차분하게 설명하는 진중함을 나는 좋아한다.

남편은 유쾌하고 명랑하다. 진지하고 신중한 성격이지만, 유독 내 앞에서만은 아이들처럼 명랑하고 정열적이다. 마흔한 번째 내 생일에 남편은 노란 병아리 모양의 카드를 주었다. 큰 병아리 모양과 작은 병아리 모양으로 짝을 이룬 카드를 오십이 넘은 그가 수줍게 나에게 내밀었다. 남편 앞에서는 유독 진지한 모드로 바뀌는 나는, 그래서인지 그가 더 좋다.

예전에 다른 사람들 앞에서 나를 '이정희 선수'라고 불렀던 남편은, 요즘은 간혹 '만인의 연인 이정희의 유일한 남자'라고 자칭한다. 그럴 수 있는 남자는 흔치 않다. 그를 놓친다면 다시는 이런 사람을 만나지 못할 것이라고 생각한 내 판단은 옳았다. 남편은 끊임없이 나를 격려하고 끌어올리며 내가 힘이 떨어져 세상의 바다에 가라앉지 않도록 떠받친다. 나의 존재 자체를 아끼고 사랑하는 사람, 함께 길을 가는 사람, 그는 나를 지탱하는 사람이다.

남편과 나 사이에 불편한 관계가 생길 때가 없는 것은 아니다. 나를 기다리게 하는 유일한 사람이 남편이기 때문이다. 나는 매사를 비교적 빨리 결정하고 움직이는 편인데, 남편은 오래 생각한다. 인생에서 중요한 어떤 문제를 결정할 때는 특히 그렇다. 남편과 내가 유일하게 아주 빠른 시간 안에 결정하고 행동에 옮긴 일은 2008년 3월 나의 국회의원 출마뿐이었다.

오래 생각하는 남편의 모습은 일상생활에서도 똑같다. 물건을 살 때도 여기저기 알아봐야 하고, 집을 나설 때도 이것저것 챙겨야 할 게 많다. 늘 제 시간보다 늦게 출발한다. 업무가 아닌 집안일에는 더 늦는다. 정치인이 되면서 분초 단위로 시간을 지켜야 하고, 긴급한 현안에는 오 분 대기조 역할을 해야 하며, 하루를 십 분 단위로 쪼개 써야 하는 나의 생활과 남편의 일상은 정말 많이 달라졌다.

답답하기도 하고 때로 화도 나지만, 살면서 한마디 하는 것 이상으로 이 문제를 거론하지는 않는다. 그것 때문에 다투기에는 남편과 함께할 수 있는 시간이 너무 짧다. 그것 때문에 얼굴을 붉히기에는 남편과 나누어야 할 소중한 이야기들이 너무 많다.

남편은 내가 가는 길을 함께 가고 있다고 스스로 생각한다. 가끔 시간을 제대로 못 맞추어 나를 기다리게 하는 것 말고는 내가 했던 집안일을 이제 모두 혼자 감당한다. 아이들 식사 챙기기부터 학교 보내기, 마을 모임 등 온갖 일들을 동분서주하며 해낸다.

19대 총선 예비후보에 등록하러 가는 날, 남편은 내가 아이들에게 남긴 식단 메모에 하나하나 설명을 덧붙여놓았다. 예를 들면, '조기구이' 메모에 "많이 탔다. 안 탄 부위만 먹어라!"라고. 남편은 아쉽거나 힘들다고 말하지 않는다. 우리 부부에게는 어떤 갈등도 싸움이 될 만큼 중요하지 않다.

일하는 즐거움

우선 천천히 연구하며 먼저 긍지를 지니는 마음가짐에 힘써, 큰 산이 우뚝 솟은 듯 고요히 앉는 법을 습관 들이고 남과 사귀고 일을 처리함에 있어 먼저 기상을 점검하여 자기가 해야 할 본령이 확고하게 섰다는 것을 안 뒤에야 비로소 저술에 임하는 마음을 먹도록 하라.

— 정약용

감색 투피스, 하늘색 셔츠

내가 즐겨 입는 겨울옷은 검은색 코트다. 아주 단정하고 평범해서 최대한 남의 눈에 띄지 않는 옷이다. 국회의원이 되고 나서도 마찬가지다. 겨울에 야외에서 찍은 사진을 보면, 이 코트를 입고 스카프나 목도리만 바꾼 차림이 대부분이다.

이 코트는 십오 년 전 결혼 예복을 마련한다고 남편과 백화점에 가서 한여름에 파는 겨울 재고 상품을 십사만 원 주고 장만한 것이다. 친정어머니는 예복을 산다고 하더니 웬 철지난 겨울 코트냐고 마뜩찮게 여겼지만, 어떻든 나는 이 코트를 줄곧 입고 다녔다. 십이 년이 넘으니 소매 끝이 먼저 닳았다. 세탁소에서 한 단 접어 수선해서 한두 해 입었더니, 그다음에는 팔꿈치가 해어졌다. 또 다시

세탁소에서 기워 여전히 잘 입는다.

내가 봄가을로 즐겨 입는 옷은 진한 남청색 바바리코트다. 처음 살 때부터 "제복인가 봐요" 하는 말을 들었지만, 역시 닳은 소매 끝을 수선해가며 십오 년째 입고 있다. 사법연수원에 들어갈 때 장만한 가장 기본적인 색깔과 단정한 스타일의 옷들은 지금도 잘 입고 다닌다.

국회의원이 되고 나서는 옷에 신경 좀 쓰라는 말을 무척 많이 들었다. 밝게 입어라, 눈에 띄는 색으로 입어라, 어느 어느 의원의 옷차림을 보니 노랑 초록 빨강 옷도 잘 입더라, 검은색 계통의 어두운 옷은 입지 마라 등등. 평생 옷차림에 신경 쓴 일이 없는 나로서는 이런 주문들이 무척 부담스럽다.

텔레비전 촬영이 있을 때면 늘 보좌관들에게 옷을 어떻게 해야 할지 물어본다. 특히 여성 보좌관들은 이런 때면 언제나 걱정이 가득하다. 내 옷장을 뒤져봐야 온통 검은색과 감색, 회색 옷뿐이니까. 지난 18대 국회의원 선거운동 때는 처음 텔레비전 토론에 나가면서 적당한 블라우스가 없어 이를 사기 위해 백화점을 헤맨 적도 있다. 여성 보좌관들은 늘 "같이 옷 사러 가요" 하고 외치지만, 옷을 고르는 일은 보통 어려운 일이 아니다.

옷에 관한 말을 많이 들어서 될 수 있으면 나도 밝은 옷을 입으려고 노력한다. 하지만 이런 요구를 물리치고 나만의 옷차림을 고집할 때도 있다. 정부나 여당과 논쟁해야 할 자리에 갈 때는 일부러 옷을 바꿔 입는다. 감색 투피스, 하늘색 셔츠로. 변호사 시절에 법정에 갈 때 늘 입던 옷이다. 이 차림이 가장 편하다. 무슨 명품도 아니니 비싸봐야 얼마 되지도 않겠지만, 투피스 정장인데도 팔만 원밖에 들지 않았다. 그래서 더 좋다.

이 옷들을 입으면 나의 차림이 드러나지 않고 주목받지 않아서 좋다. 오로지 내가 가진 지식과 판단력만으로 상대방과 한판 겨루는 느낌이 든다. 다른 것에 신경 쓰지 않고 논쟁에 몰두할 수 있다. 지식 노동자의 태세를 갖추기 위한 차림이다. 논쟁의 공간에서 이미지가 아닌 지식으로 승부하는 사람, 그것이 나다. 나는 그 공간에서 '나'로 살아난다.

백일 휴가

가끔 나에게 백일 휴가가 생기면 어떨까 생각해본다.

변호사 시절에는 여름이든 겨울이든 제대로 휴가를 보낸 적이 거의 없다. 일주일을 쉰 것은 팔 년 동안 일하면서 단 한 번뿐이었고, 다른 해에는 늘 하루 이틀쯤 쉬면서 묵은 일을 해치우거나 휴가 간 다른 변호사들을 대신해 급한 일들을 처리하면서 휴가를 보냈다. 쉬는 것보다는 일에 관심이 더 많을 때였다.

아이들은 가족 여행을 가자고 늘 성화였지만, 가족끼리 여행다운 여행을 간 것은 변호사 사무실을 접고 민주노동당에 입당하기 전 이박 삼일 동안 제주도에 간 것이 전부다. 큰아이는 우리도 해외여행 한번 가자고 졸랐지만, 늘 말만 오갈 뿐 단 한 번도 가지 못했다. 출산휴가가 구십 일로 늘어나기 전, 육십 일의 출산휴가도 제대로 챙기지 못하고 사십여 일 만에 사무실에 나와 호주제 헌법소원 청구서를 썼다. 휴가와는 언제나 거리가 멀었다.

국회의원이 되고 나서는 더욱 '휴가'라고 이름 붙일 만한 휴식을 해본 적이 없다. 평소 아이들과 이야기할 시간이 너무 적어 일부러 임시국회가 끝나면 그 주말에 아이들과 가까운 곳에 하루 이틀 다녀오는 것으로 가족 여행의 알리바이를 쌓기는 했지만, 제대로 된 휴가를 보낸 기억이 거의 나지 않는다.

2008년 여름에는 기륭전자 비정규직 문제로 단식을 했고, 2009년 여름에는 쌍용자동차 파업 현장에서 뜨거운 햇볕을 맞았다. 2010년 여름에는 지방선거 직후 쉴 겨를도 없이 7·28 재보궐 선거와 당 대표 선거를 치렀다. 추석이나 설 명절에는 국정감사, 용산참사, 민주노동당 압수수색 같은 일들로 해마다 몸 편히 마음 편히 보낸 일이 없어 휴가란 더욱 생각하기가 어려웠다.

백일 휴가가 생긴다면 몸을 움직여 일하고 싶다. 젊은 시절, 두려워서 나서지 못했던 일을 해보고 싶다. 땀으로 뒤범벅이 되어 지내고 싶다. 변호사 사무실을 정리할 때부터 갖기 시작한 바람이다. 내 삶이 느슨해진 것은 아닐까, 내가 편하게 살고 있는 것은 아닐까 싶어 스스로를 다그치기 시작할 때였다.

물론 그 땀방울 속에 어렵고 막막한 삶이 존재한다는 것을 안다. 어떤 사람들에게는 벗어나기 어려운 삶의 굴레가 누구에게는 그저 한때의 경험으로 받아들여진다면, 그래서 스스로 의식하지 않더라도 '나도 예전에' 시리즈 연작물을 만들어내는 것이라면, 그런 경험의 시도 자체가 위선적인 행동이다.

하지만 국회의원이 되기 전보다 국회의원이 된 지금, 몸을 움직여 일하고 싶은 생각이 더 커졌다. 사람들의 문제를 놓고 일하면서 얻는 결과물과는 다른, 자연과 물질을 직접 상대해서 얻는 사물의 이치를 조금이나마 깨닫고 싶기 때문이다. "말랑말랑한 흙이 말랑말랑 발을 잡아준다. 말랑말랑한 흙이 말랑말랑 가는 길을 잡아준다"며 말랑말랑한 힘을 말하는 함민복 시인의 깨우침이 나에게도 생길 수 있기를 바랐기 때문이다. 내 안에 남은 묵은 망설임과 채 뿌리 뽑히지 않는 머뭇거림의 원인도 찾을 수 있지 않을까, 또 다른 출발의 기틀을 닦을 수 있지 않을까, 기대하기 때문이다. 국회의원으로 지내는 시간이 길어질수록 이 희망은 더욱 강렬해질 것이다.

책을 읽고 글을 쓰는 시간

나의 하루 일과는 건조한 편이다. 나는 아침 6시 30분에 일어나 후다닥 집을 나선다. 보통 7시 30분경에 여의도 의원회관으로 출근한다. 수첩에 어제의 느낌을 적고, 신문과 경제 기사 스크랩을 읽는다. 아침에 라디오 생방송 인터뷰가 있으면 보통 때보다 더 빨리 7시 전에 사무실에 도착해야 한다. 인터뷰는 전날 밤 미리 답변을 준비한다. 아침이라 목소리가 가라앉지 않도록 신경 써야 하지만 쉽지 않다.

8시에는 대개 당내 회의를 하고, 10시부터 본격적인 외부 활동이 시작된다. 국회가 열릴 때는 보좌관들이 며칠 전부터 사실관계를 확인하며, 정부 측 답변을 듣고 상임위원회 회의를 준비한다.

나도 발언 직전까지 줄곧 자료를 들여다본다. 어떻게 물어야 할까, 어떤 답변을 끌어낼 수 있을까, 분초를 다투며 분석하고 추론한다. 오 분의 발언을 위해 여러 사람이 최소한 며칠은 준비한다. 그 한 마디를 하기 위해 얼마나 많은 사람들이 열망하고 간절히 노력했는지 알기 때문이다.

회의가 없으면 사람들을 만나거나 행사에 간다. 대부분 당 대표로서 적어도 한 마디는 해야 하는 곳이다. 그래서 오가는 시간 동안 어떤 말을 해야 참석한 사람들에게 특별히 기억될지 고민하며 준비한다. 강연을 해야 할 때는 며칠 전부터 필요한 통계를 모으고 인용할 사건의 사실관계를 확인한다. 미리 강연의 줄기를 잡고 내용을 생각하면서 적절한 단어와 표현, 사례를 고르고 말의 순서를 머릿속에서 정돈한다.

아무리 적어도 한 달에 두어 번은 지방에 갈 일이 생긴다. 모든 일정을 접고 급히 내려가야 하는 일도 시시때때로 생긴다. 아주 급박한 상황일 때는 비행기로 출퇴근하는 것도 감수해야 한다. 늘 세면도구를 가지고 다닌다. 속옷과 블라우스도 사무실에 한두 벌씩 챙겨 놓는다. 주말 오후나 평일 저녁에는 집회에 갈 일도 종종 있다. 대개 급하게 결정되는 경우가 많아서 늘 검은색 바지를 의원 사무실에 가져다 놓는다. 차 트렁크에는 우비와 긴 우산, 깔개가 언제나 들어 있다.

지역 주민들이나 지역단체 사람들을 만나면 늘 새로운 자극을 받는다. 우리의 삶에서 진짜 필요한 일이 뭘까 다시 생각하게 된다. 뭔가 할 일을 찾을 수 있겠다는 활력을 얻는다. 한마디 문구로 요약된 법 조항과 숫자로만 표현된 예산안이 만들어낼 현실의 변화와, 사람들 간의 입장 차이가 어떤 것인지 미리 가늠할 수 있다.

바쁜 일정 중에도 짬이 생기면 꼼꼼하게 신문 기사를 보고 책을 읽고 글을 쓴다. 글 쓰는 시간이 많은 날은 정말 행복하다. 복잡한 사안들을 하나둘씩 머릿속에서 명쾌하게 정리하는 그 시간이 좋다. 지방에 가거나 자정이 넘어 집에 들어가는 날이 아니면 빨래하고 청소하고 식사 준비를 한 후, 책을 읽거나 글을 쓴다. 늘 마음속에 조각말만 맴돌아서 일주일에 하루 이틀은 잠을 줄이더라도 글을 쓰려고 노력한다.

잠은 주중에는 보통 네 시간 혹은 그보다 조금 더 적게 자고 주말 하루는 푹 자려고 노력한다. 국회에 온 첫해는 주말에도 바빴을 뿐만 아니라 일이 없어도 네 시간 이상 잠들지 못했는데, 그 다음 해부터는 긴장이 조금 풀렸는지도 모른다.

밖에서는 가급적 잠 안 자고 버티지만, 출근하는 차 안에서는 누가 말을 걸어도 개의치 않고 잔다. 깨고 나면 늘 "제가 얼마나 잤어요?" 하고 물을 정도로 시간이 어떻게 갔는지도 모르게 잔다. 퇴근하는 차 안에서도 세상모르고 자다가 비틀거리며 집에 들어설 때도 있다. 운전을 못하는 게 이때는 유리하다. 사무실에 간이침대를 펴고 잘 때도 있다. 졸리다 싶으면 독서실 분위기로 만들어놓은 칸막이 안쪽 간이침대에서 두말없이 잠을 청한다.

어떻게 보면 참 건조한 생활이다. 그래서 많이 웃으려고 노력한다. 일부러라도 깔깔거리며 웃는다. 내 웃음소리가 의원 사무실 이십 미터 밖까지 들린다는 증언이 있을 정도다. 아무리 썰렁한 이야기에도 일단 크게 웃는다. "제 말에 웃어주는 사람은 의원님뿐이에요"라는 말을 종종 듣는다.

나는 로봇이 아니다. 하지만 숨 막히도록 답답하게 느껴질 수 있다. 딱히 해결책은 없다. 책장을 빨리 넘기는 것이 유일한 방법이다. 지금은 월요일 새벽 4시 30분. 곧 일주일이 시작된다. 잠잘 시간은 두 시간뿐.

반성문

정치인에게는 늘 위기의 순간이 있고, 그 순간은 어느 날 갑자기 파도처럼 집어삼킬 듯이 달려온다. 나는 그 위기들 앞에서 담대하지 못하다. 위기를 헤치며 살아온 사람이 못 된다. 세상으로부터 고통받고 짓눌렸던 사람들 편에 서서 일했지만, 나 자신은 안온한 법정 안에서 살았다. 끌려 나가는 사람들에게 법정은 인생의 전부가 달린 곳이지만, 변호사에게는 아무리 의뢰인의 입장에 공감할지라도 그저 일상의 업무 공간일 뿐이다.

나도 국회의원이 되고 나서 벌금 오십만 원의 피고인으로 법정에 설 때는 이름과 주민등록번호를 말하는 것조차 떨렸다. 하지만 징역 십 년을 구형받은 국가보안법 위반 피고인의 변호인으로서 법정에 설 때는 어떤 긴장이나 떨림도 없었다. 변호인의 자리와 피고인의 자리가 바로 옆인데도 그렇게 달랐다. 그동안 당사자가 아닌 제삼자의 위치에서 절박한 위기와 떨어져 살아왔다는 것을 그때 절감했다.

걱정을 가라앉히려고 가끔 스스로에게 말한다. 걱정하지 마. 뭘 그렇게 걱정해. 잘될 거라고 그랬잖아. 이길 거라고 했잖아. 2012년 봄과 겨울이 지나고도 나 자신에게 진짜 이렇게 말할 수 있겠지. 그랬으면 좋겠다.

인물의 단점은 숨기고 장점은 돋보이게 하는 것이 인물 정치의 기본이라고들 한다. 하지만 누구나 장점이 있으면 단점도 있는 법. 완전무결한 경지에 올라 언제나 일도양단으로 냉철한 판단을 내리는 사람이 훌륭한 지도자임은 틀림없지만, 우리와 같은 보통 사람으로 느껴지지 않는다. 나는 아프면 아프다고 한다. 고민이 되면 고민한다고 말한다. 잘못이 있으면 잘못했다고 모두 털어놓는다.

초등학교 시절에도 쓴 적 없는 반성문을 국회의원이 되고 나서 몇 번이나 썼다. 책임 있는 자리에 있는 다 큰 어른이 공개적으로 반성문을 쓰자니 얼굴이 화끈거렸다. 광화문 네거리 한가운데에서 모두들 지켜보는 앞에서 종아리 맞는 것처럼 부끄러웠다.

일이 잘못되면 처음에는 주변의 다른 사람을 탓하는 마음이 생겨나기도 한다. 그러나 결국 모든 것이 내 책임이고 내 잘못에서 비롯된 일임을 자인한다. 어느 누구도 탓하지 말고 스스로 온전히 책임짐으로써 내가 할 수 있는 최소한의 일이라도 해야 한다고 생각한다. 그래서 때로는 외롭기도 하다. 하지만 외롭다고 투정할 수 없다.

더구나 두 번째 세 번째 다른 일로 연거푸 반성문을 써야 할 때는 누가 나를 다시 믿어주겠는가. 절망스러웠다. 트위터와 페이스북에서 질책의 말을 들을 때마다 수없이 사죄하면서 힘들기만 했다. 더구나 당 대표가 되고 얼마 되지 않아 헌정회육성법 문제로 반성문을 쓸 때는 참담했다. 당을 대표해야 하는 사람이 일개 의원으로서 한 일 때문에 당에 피해를 입히다니, 당원들 앞에서 얼굴을 들 수 없었다.

나는 국회의원이 되기 전에는 어떤 정치 수업도 받지 못했고, 위기에 대처하는 노하우도 제대로 배운 적이 없다. 그저 한 시민으로서 살아온 그 자리에서 시작할 수밖에 없었다. 그것이 나의 단점이다. 아직 내 능력으로는 밀려오는 정치적 위기의 파도를 끄떡없이 감당할 수 없다. 스스로 정직하게 다른 사람들에게 내 마음을 열어 보이지 않으면 파도에 휩쓸려 멀리 떠내려갈지도 모른다.

개인적으로 부끄러운 반성문을 굳이 여기에 싣는 것은, 혹시 모를 더 심각한 잘못에 대해 반성문을 써야 할 일을 만들지 않기 위해서다. 자꾸 파도에 부딪히다 보면, 언젠가는 걱정을 덜고 좀 더 안정된 자세로 위기를 맞이할 수 있겠지. 그 과정을 누가 지켜보고 있다면, 나에게 생긴 작은 변화를 알아챌 수 있겠지.

제가 법안 심사 과정에서 잘못 처리한 법안으로 많은 비판을 받았습니다. 대한민국헌정회육성법입니다.

저는 국회 운영위원회에 상정되는 법안을 미리 검토하고 쟁점이 있으면 우리 당 의원들의 의견을 모아 회의에 참석해야 합니다. 그런데 지난 2월 23일 오전 국회 운영위원회 법안소위에 상정된 안건들 가운데, 유독 이 법안을 검토하지 못했습니다. 굳이 변명하자면, 회의에 올라오는 많은 안건 가운데 실제로 어떤 안건을 처리할지에 대한 합의도 교섭단체 사이에 이루어지기 때문에 교섭단체에 속하지 않은 저는 상황을 알지 못하는 경우가 있는데, 그날이 그러했습니다.

저는 안건 중 국회법 개정안들에 집중해 회의를 준비한 상태였는데, 예상과 달리 국회법 개정안들은 뒤로 밀린 채로 헌정회육성법 논의가 시작되었습니다. 개정안을 미리 검토하지 못해 회의장에서 처음 보고는, 반대해야 하지 않을까 생각했습니다. 그러나 헌정회의 원로회원 지원금 지급이 이전에 이미 있었던 일인데, 이 부분을 법으로 정해도 그 시점을 기준으로 예산이 늘어나는 것은 아니라고 하여 현상 유지라면 그것까지 반대하기는 부담스럽다는 생각으로 법안 통과에 반대하지 않았습니다. 민주노동당 의원들은 본회의 이전에 의원단 총회를 열어 각각의 안건에 대해 찬반을 정하는데, 이 법에 대해서는 운영위 법안소위에서 제가 찬성했기 때문에 그에 따라 찬성 의견으로 안이 올라갔습니다. 의총에서도 별다른 의견 없이 그렇게 통과되었을 것입니다.

결국, 헌정회육성법에 대해 민주노동당 의원 몇 분이 본회의에서 찬성 표결을 한 가장 직접적인 동기는, 제가 법안소위 심사에서 법안 통과에 반대 의사를 표명하지 않은 데 있습니다.

제가 맡은 일을 제대로 하지 않았습니다. 평소와 달리 이 안건을 미리 검토하지 못했고, 원칙을 깊이 숙고하지 못한 채 개정안이 통과되어도 그간의 현상을 유지하는 정도라는 데 생각이 머물렀습니다. 우리 당 안에서부터 토론을 통해 검토해야 하는 일인데, 상황에 따라갔습니다.

국회의원도 공무원이고 노후에 그에 따라 합당한 연금을 받으면 될 뿐 별도의 지원금을 국고에서 지급받을 이유가 없다는 많은 분들의 지적이 옳습니다. 그에 따라 합당한 개정안을 내겠습니다. 지원금을 받지 않겠습니다.

국회의원의 특권을 없애온 민주노동당의 노력을 기억하고 기대하신 여러분께 실망을 드려 죄송합니다. 법안 심사를 맡은 주무 의원으로서, 이 일에는 다른 의원님들보다 제 책임이 비할 바 없이 큽니다. 어떤 내용과 어떤 형식의 비판도 제가 달게 받아야 합니다.

꾸짖어주신 것에 감사드립니다. 다시 일어서는 것 역시 온전히 제가 감당해야 할 몫입니다. 제 안의 부족함을 채우기 위해 더 노력하겠습니다. 긴 글 읽어주셔서 고맙습니다.

—이정희, 「대한민국헌정회육성법 통과에 대해」, 2010년 8월 23일

어느 일벌레의 행복론

나는 일을 통해 삶의 기쁨을 누린다. 서류 더미에 파묻혀 사실을 재차 삼차 확인하고, 논리에 어긋남이 없는지 좌우앞뒤에서 질문을 던진다. 그러다가 드디어 가려진 사실을 찾아내고 논리가 정연해질 때면 환희에 차오른다. '유레카'를 외치고 싶다.

우리나라 4대강에서 발생하는 연간 홍수 피해액이 이명박 정부가 주장하듯 연간 2조 4,000억 원이 아니라 국가 하천 전체를 합쳐도 연간 3,000억 원밖에 되지 않는다는 사실, 한나라당이 주장한 감세 혜택의 70퍼센트가 서민에게 돌아가지 않고 실상은 정부 발표 자료를 보더라도 상위 0.5퍼센트에게 서른세 배의 이익을 주는 완전히 고소득층 감세라는 사실, 정부가 간접세 비율에 대한 오이시디OECD 통계 중 일부 항목을 빼버리고 입맛에 맞게 계산해 간접세 비율을 낮춘 사실 등을 발견했을 때, 삶의 기쁨이 찾아온다. 내 천직은 지식 노동자인 것이다.

나는 일을 통해 짜릿한 행복을 맛본다. 할 수 있는 건 다 해봤잖아, 끝까지 다 했잖아. 기어코, 해냈잖아. 일을 할 때 온몸에 퍼지는 짜릿함. 거봐, 안 되는 건 없잖아. 나는 진 적이 없어, 우리가 이긴단 말이야. 어깨를 쫙 펴게 만드는 짜릿함. '피고인은 무죄입니다'라고 최후 변론을 할 때, 판결문에 쓴 '피고인은 무죄'라는 문구를 볼 때, 나는 지식 노동자로서 행복감을 느꼈다.

2011년 4월에는 순천만에서 짜릿한 봄을 보냈다. 4·27 국회의원 보궐선거에서 2월에 불과 2퍼센트의 지지율을 기록하던 민주노동당 후보가 야권연대 단일 후보가 되어 2, 3위와 1퍼센트 박빙의 차이지만 1위에 나섰다. 그리고 막상 투표를 하고 보니 2, 3위를 합한 것과 맞먹는 지지율로 1위가 확정되었을 때도 행복했다.

나는 일을 하면서 내 인생의 무용담을 만든다. 예를 들면, 변호사 시절에 '호주제 헌법소원 사건을 진행할 때 만삭의 몸으로 사건 청구서 자료를 찾으러 도서관에 갔다가 곧바로 아이를 낳으러 갔다'는 얘기, 이시우 사진작가 국가보안법 위반 사건에서 '압수된 이천 장의 사진을 한 장 한 장 모두 봤다'는 얘기, 밤을 꼬박 새고 다음 날도 하루 종일 재판을 했더니 저녁에는 아예 눈이 잘 안 보이더라는 얘기 등등. 주로 엄청나게 많은 시간을 들여 일하다가 생긴 무용담들이다.

국회의원을 하면서 생긴 무용담들은 변호사 시절과 반대로 엄청나게 짧은 시간 안에 문제를 파헤치고 반대 논거를 찾아내 대처한 것들이다. 예를 들어, '2010 서울 G20정상회의' 때문에 발의된 'G20경호안전특별법'은 아침 9시 30분에 법안을 받아 이십 분 만에 문제점을 정리해서 곧바로 언론에 브리핑한 경우다. 이후 상임위원회에서 한 시간 넘게 혼자 이 법안을 놓고 싸우다가 이를 또 언론에 브리핑했다. 이런 일들을 숨 쉴 틈 없이 빠른 시간 안에 혼자서 처리해야 하는 게 국회의 상황이다.

국회 본회의에 들어와서야 컴퓨터 모니터에 올라온 법안 제정 내용을 보고 그 자리에서 메모만으로 반대 토론을 준비해서 토론한 일, 2011년 말 상고를 제한하는 형사소송법과 민사소송법 개정안을 각기 오 분과 일 분 만에 파악하고 반대 토론해서 부결시킨 일, 인사청문회를 진행하면서 동시에 한 시간 만에 관련된 대법원 판결과 관계 법령을 찾아내 반박했던 일까지, 재빠른 상황 파악과 순발력 있는 대응은 국회에서 생존하는 데 꼭 필요한 자질이다. 한정된 짧은 시간에 집중적으로 일해야 하는 특성상 속도와의 경쟁은 필수적이다.

나에게 일은 공부다. 일하면서 익히고 경험하고 느낀다. 스스로 느끼지 않고는 제대로 된 공부를 할 수 없기에 공부는 일을 통해서만 가능하다. 하늘 아래 그 무엇도 혼자서 할 수 있는 일은 없다. 따라서 함께할 수 있는 사람을 찾는 과정 자체가 공부다. 함께 토론하고 일하면서 만들어낸 결과물이 현실에서 어떻게 적용되는지 평가하고, 개선 방안을 의논할 수 있어야 한다. 머릿속의 기획과 실제로 벌어진 일이 어떻게 다른지 점검하고, 문제가 생기면 이를 재정비해야 한다.

공부하지 않고는 일할 수 없다. 머릿속에 무엇이든 들어 있지 않으면 어떤 결과물도 나올 수 없다. 날것 그대로의 사실을 알지 못하면 아무것도 말할 수 없다. 사실을 확인하고, 사건이 일어난 논리 구조와 힘의 관계를 이해하고, 그 사건을 둘러싼 사람들의 이해관계와 심리를 추론하고, 현실에서 가능한 해결 방법을 찾는다.

특히, 사실을 확인하는 데 많은 시간을 써야 한다. 무엇이든 정확히 확인하지 않으면 안 된다. 그래야 정확한 사실관계의 씨줄과 날줄로 연결된 튼튼한 논리 구조를 완성시킬 수 있다. 사실관계에서 기억이 분명치 않거나 논리의 흐름이 자연스럽게 이어지지 않으면 말 한마디를 제대로 하기 어렵다.

머릿속에서 사실관계와 논리 구조, 입장들이 정리되기 시작하면 이를 글로 풀어내고 싶다는 생각이 차오른다. 공부가 완성된 정도는 글로 표현되어 나타난다. 나는 글 쓰는 데 몰두하면서 지식 노동자로서 내 존재를 확인한다. 글로 쓰면서 사실관계가 다시 정리되고 사건을 둘러싼 사람들의 입장에 대한 나의 견해가 간단하게 요약된다.

나는 일을 통해 생활의 돌파구를 찾는다. 머리가 복잡하고 마음이 어지러울 때, 책을 보고 글을 쓰면 복잡한 생각이 정리되고 극복할 길이 열린다. 어려운 상황은 그냥 벗어날 수 있는 게 아니기에, 무엇이든 막혔다고 생각되면 정공법으로 뚫는다.

이렇게 일하는 나는 어떤 사람인가? 나는 일벌레다.

변호사와 국회의원

'국민의 법정에서 민주노동당을 변호하겠습니다.'

2008년 총선에 뛰어들며 던진 출사표다. 나는 팔 년 동안 하던 변호사 일과 새로 경험하게 될 국회의원의 정치 활동이 어떤 점에서는 서로 비슷한 일이 아닐까 생각했다. 그래서 이틀 만에 정치에 참여하기로 결심했다.

변호사와 국회의원의 첫 번째 공통점은 '사실'의 힘이 가장 중요한 직업이라는 것이다. 정확히 알아야 한다. 일일이 확인해야 한다. 사실을 제대로 알지 못하면 한 발자국도 나아갈 수 없지만, 사실은 그것 자체로 힘이 있어 다른 설명을 덧붙일 필요도 없다. 사실을 정확히 드러내기만 하면 된다. 2009년 8월, 나는 기무사의 불법 사찰 사건을 폭로한 일이 있다. 기무사 대위의 수첩과 비디오테이프를 가지고 있었기 때문에 수개월 동안 기무사가 불법적으로 해온 일을 세상에 밝힐 수 있었다.

두 번째 공통점은 진정한 신뢰가 쌓여야만 성공할 수 있는 일이라는 점이다. 우리 편이 확실히 뭉치지 않으면 이기지 못한다. 어떤 위기나 난관이 나타나도 내 탓 남의 탓 하지 않고 끝까지 내 편을 들어줄 사람, 이것이 변호사가 의뢰인으로부터 획득해야 하는 신뢰다. 이 신뢰가 없으면 어떤 의뢰인도 자신에게 불리한 것을 변호사에게 말하지 않는다. 불리한 사실을 감추었다가 드러나면 백전백패다.

국회의원도 마찬가지다. 국민들과의 진정한 신뢰가 쌓이지 않으면 이길 수 없다. 정치권은 썩었고, 정치인들은 표를 얻으러 다닐 때는 간 쓸개도 빼줄 것처럼 하다가 당선만 되면 고개를 돌리고 모른 척 하거나 말을 바꾸고 나서도 사과조차 제대로 하지 않는 사람들이라는 인식이 국민들 사이에 팽배해 있다. 그 결과, 역설적으로 이제 국민들의 기대를 만족시키는 것은 그리 어려운 일이 아니다.

국민들은 마음이 통하고 믿을 수 있는 정치인을 원한다. 진정한 신뢰를 원한다. 그 단초만 발견해도 국민들은 매우 높이 평가하고 신뢰를 보낸다. 하지만 그 칭찬에 자만해서는 안 된다. 기대 수준이 너무 떨어진 환경에서 내린 평가이므로, 기대 수준을 꾸준히 높이는 것이 국회의원으로서 할 일이다.

국회의원과 변호사의 세 번째 공통점은 보수적인 평균인을 설득하는 일이라는 것이다. 법관들은 대부분 보수적인 성향을 지니고 있다. 하지만 헌법과 상식에서 출발하면 보수적인 사람도 설득할 수 있다. 법정은 당사자들에게 평등한 무기를 주고 말할 기회를 보장하는 공간이다. 합리적인 말을 제대로 듣는 양식 있는 법관들은 자신의 성향과 한 발짝 떨어져 시시비비를 가릴 줄 안다. 그렇기에 보수적인 법관도 상식과 법리에 기초해 진취적인 판결을 내기도 한다.

성실하게 일하는 관료들 중에도 이런 사람들이 많다. 이들을 설득해 정책의 변화, 법률의 변화를 끌어내야 하는 것이 국회의원의 임무다. 그 논거를 헌법과 법률에서 끌어와 설득에 성공할 수 있는 경우가 지금의 한국 정치에서는 흔하지 않지만, 간혹 그런 때도 있다.

18대 국회에 들어와, 본회의에서 수많은 반대 토론을 했다. 본회의까지 올라온 법안은 이미 교섭단체 간 합의가 이루어진 상태이기 때문에 반대 토론을 한다고 해서 그것을 듣고 의원들이 반대표를 던지는 일은 매우 드물다. 더구나 소수 야당 의원의 반대 토론은 거의 영향력이 없다. 간혹 그 한계를 알면서도 역사의 기록으로 남기기 위해 반대 토론을 하는 경우도 있다.

하지만 반대 토론이 극적으로 성공한 경우도 있다. 모두 세 건이다. 나는 형사소송법 개정안 두 건과 민사소송법 개정안 한 건을 반대 토론으로 부결시켰다. 모두 시민의 재판청구권을 제한하는 내용의 개정안으로, 법원이 사건 폭주를 이유로 정식 재판 청구나 상고 권한을 제약하려고 한 것이다. 헌법이 보장한 공정한 재판을 받을 권리를 침해해서는 안 된다는 취지로 반대 토론을 했더니, 한나라당 의원들도 고개를 끄덕거리며 많은 의원이 반대하거나 기권해 과반수 찬성을 얻지 못하고 개정안이 부결되었다. 헌법에 기초한 설득이 성공한 것이다. 매우 드문 일이다.

국회의원으로서 헌법에 기초한 합리적인 설득에 성공하는 예가 드문 것은, 변호사는 논리로 싸우지만 국회의원은 힘으로 싸우기 때문이다. 변호사는 승패가 결정되지 않은 상황에서 싸운다. 국회의원은 이미 승패가 99퍼센트 정해진 사각의 링 위에서 치고받아야 한다. 4대강 사업이 단적인 예다.

4대강 사업의 논거로 대통령이 직접 거론한 '연간 2조 원의 홍수 피해와 4조 원의 복구 비용 때문에 칠 년이면 22조 원의 사업 비용이 아깝지 않다'는 주장은 정작 4대강 사업이 벌어지는 국가하천의 홍수 피해가 연간 3,000억 원밖에 안 된다는 점에 비춰 비합리적이라는 점을 아무리 철저히 논증해도 소용없다. '도산 안창호 선생께서 강산개조론을 말씀하셨다'는 이명박 대통령의 발이 국토해양부 자료 앞면에 실리고, 한나라당이 의원총회를 열어 4대강 사업 예산을 통과시키기로 결정한 후, 건장한 남성 의원들을 앞세워 힘으로 밀고 들어오면 정치적 힘에서나 물리적 힘에서 결국 패배할 수밖에 없다. 정치는 논리가 아니라 힘이 지배하는 공간이다. 꼭 좋은 세상 만들고야 말겠다는 강렬한 책임감 없이는 이 공간에서 살아남기 어렵다.

이처럼 국회의원과 변호사는 앞에서 열거한 대로 공통점도 있지만 차이점도 많다. 변호사는 늘 과거의 한 사건을 파헤친다. 정해진 기준으로 과거의 한순간에 누가 옳았는지를 따져 가려낸다. 하지만 국회의원을 비롯한 정치인은 특정인이 아니라 모두에게 적용되는 미래를 만든다.

어제라는 과거는 결코 돌이킬 수 없고, 오늘 자신이 옳다고 해도 내일 패배하면 그 올바름을 인정받지 못하며, 오늘 틀렸다고 해도 모레 승리하면 올바른 것으로 인정받는 게 정치다. 옳고 그름, 잘잘못의 기준을 '지금 현재'가 만들어낸다. 그 때문에 변호사가 개인의 과거를 바로잡는다면, 국회의원은 공동체의 미래를 책임져야 한다.

사 년을 보내고 나니, 이렇게 다른 일인 줄 알았다면 변호사에서 국회의원으로 진로를 바꿀 때 한 번 더 생각하지 않았을까 한다. 감히, 이틀의 짧은 시간 안에 결정하지는 못했을 것이다. 아니, 몰랐던 것이 다행이었다고 해야 할까. 겁도 없이, 그저 무엇이라도 도와야 한다는 생각으로 뛰어든 사 년 전의 결정이 내 인생을 완전히 바꾸어버렸다.

모든 것을 걸다

인생에서 자신의 모든 것을 걸고 일한다는 것은 어떤 의미일까. 그것은 그저 열심히 한다는 것과는 다르다. 설혹 일에서 성공하지 못해도 모든 책임을 감수하고, 그 책임이 나를 매우 위태롭게 할 수 있는 치명적인 위험이 눈앞에 보여도 앞으로 밀고 나간다는 의미다.

변호사 업무는 '나'를 걸고 하는 일이 아니었다. 부정하거나 무능력하지만 않다면, 맡은 일이 성공하지 못해 실망을 안겨주고 나에 대한 평가가 낮아질 수는 있지만, 내가 책임지거나 불이익을 받아야 하는 경우는 없다. 동료 변호사가 나에게 해준 이야기가 그 단적인 예다. 그 변호사는 초년 시절에, 민사재판 기일에 나갔다가 상대방 변호사의 주장에 화가 나서 언성을 높이며 항의했단다. 그랬더니 상대방 변호사가 "왜 그러십니까, 우리 일도 아닌데" 하더란다.

잘하면 좋지만, 잘 안 돼도 징역형을 살거나 벌금을 물어야 하는 것은 변호사가 아니고 당사자다. 변호사는 결국 제삼자다. 이 때문에 변호사 생활을 하면서 무척 열심히 일했고 나의 일처럼 여기고 달려들었지만, 나와 나의 모든 것을 걸고 일했다는 느낌은 들지 않았다.

하지만 정치는 순간순간마다 나의 모든 것을 걸어야 한다. 하다못해 작은 논평을 하나 낼 때도 자신의 신뢰를 걸어야 한다. 내 말이 사실에 맞는지, 내 주장이 합리적인지 아주 신중하게 따져보지 않으면 안 된다. 정부와 다른 정치인들은 물론, 언론과 국민들이 앞으로도 계속 내 말을 믿을 수 있는지는 사소한 말 한마디가 좌우한다. 말 한마디에도 낭떠러지로 굴러떨어질 수 있는 것이 정치이기 때문이다. 변호사로 일할 때와는 근본에서 다르다.

이명박 정부 시대에 민주노동당 국회의원으로, 민주노동당 대표로 일한다는 것은 감히 한 사람의 정치인으로 산다는 것과 같은 무게가 아니었다. 통합진보당을 만들어 2012년 대역전을 준비하는 지금은 더욱 그렇다. 나의 모든 것을 전부 거는 것 이상으로 무거운 짐을 지는 일이다. 나의 말과 행동에, 나의 미래보다 더 크고 더 중요한 진보정당의 미래가 걸려 있기 때문이다.

나는 통합진보당의 미래가 한국 사회의 미래와 떨어져 있지 않다고 본다. 한국 사회는 민주주의와 인권, 평등과 평화의 길로 나아가는 데 있어 더 이상 좌절을 경험해서는 안 된다. 나아가 그 목표에 이르는 과정도 그 가치를 충족시키는 것이어야 하는데, 이를 위해서는 그 가치들을 이끌어낸 진보정당이 우리 사회의 진전을 책임져야만 한다. 따라서 진보정당인 통합진보당이 지리멸렬하거나 실패하면 진보의 향방에 우여곡절이 생겨나고, 이것은 국민들을 좌절에 빠지게 할 것이다. 한국 사회의 미래는 통합진보당이 성공하느냐 실패하느냐에 따라 달라진다.

나의 실수와 잘못이 통합진보당의 상처로 연결될 것이기에 말 한마디, 발걸음 하나에 매우 신중할 수밖에 없다. 허공에 흩어져 사라지는 말이 아닌, 현실을 변화시키는 행동으로 이어지는 말을 하려고 애쓴다. 나 혼자 저만치 앞서가기보다 반걸음 앞서가며 국민과 함께 갈 수 있도록 늘 집중한다. 국회의원이 되고, 특히 당 대표가 되고 난 뒤에는 항상 나의 모든 것을 걸고 일한다. 크고 넓고 깊이 보려고 노력한다.

당이 상처받는 순간이 왔을 때, 나의 원칙은 확고하다. 당이 상처받는 것보다 내가 상처받는 게 낫다는 것. 개인으로서 내가 무너질 수 있지만, 진보 세력 전체가 공멸해서는 안 된다. 통합진보당과 진보의 미래는 그 어떤 경우에도 모험의 대상이 될 수 없다. 이를 위해 이미 나는 모든 것을 내놓았고, 이제 그것은 나의 것이 아니다. 무엇을 더 내놓으라고 한다면 새로 얻은 것은 물론, 앞으로 얻게 될 것까지 탈탈 털어 내놓을 뿐, 더 이상 다른 선택은 없다.

슬럼프 극복

슬럼프가 오면 어떻게 극복하세요?

누가 간혹 묻는다. 나의 처방은 문제를 회피하지 않는 것이다. 다 잊고 기분 전환하자는 말로 문제를 숨기지 않는다. 정면 승부를 건다. 문제가 계속되면 계속될수록 좌절감은 깊어지고 나갈 길은 멀게만 느껴지기 때문이다. 일로 생긴 슬럼프는 일로 푼다. 문제가 풀릴 때까지 일하고 고심한다. 자신감이 생길 때까지 공부한다. 복잡하고 어려운 문제가 쉽고 간단하게 한마디로 정리될 때까지 들여다보고 또 본다.

그 문제와 씨름해온 수많은 사람들의 주장과 논리가 왜 받아들여지지 않았는지, 왜 반대 논리를 완전히 압도하지 못하고 겉돌고 있는지 생각하고 또 생각한다. 빠진 전제를 되살려내고, 숨겨진 사실을 캐낸다. 그러면 사태를 정리할 수 있는 사실과 주장들이 내 것이 된다. 멈춰 있는 일의 단계를 훌쩍 뛰어넘는 것이 나의 유일한 슬럼프 극복 방법이다. 하루 이틀 밤새도록 파고들어 몰두하면 반드시 해결할 수 있다.

이런 슬럼프 극복 방법에는 시간과 노력이 필요하다. 막막함을 이겨내야 하고, 밤을 밝혀야 한다. 하지만 어렵지만은 않다. 물이 잔에 차면 넘치는 것처럼, 에너지를 충전하다 보면 문제를 해결할 수 있는 힘을 얻게 된다. 마음만 온전히 간직하면 버틸 수 있다.

인생에서 가장 아름다운 나이인 스물여섯에, 과연 내가 언제 세상에 나설 수 있을까, 무엇을 하며 살 수 있을까 하고 막막한 밤에 스스로를 위로하기 위해 여러 번 이 시를 읽었다. 지금도 힘겨울 때면 이제는 다 떨어져나간 시집 갈피에서 이 시를 찾아 읽는다.

흔들리지 않고 피는 꽃이 어디 있으랴
이 세상 그 어떤 아름다운 꽃들도
다 흔들리면서 피었나니
흔들리면서 줄기를 곧게 세웠나니
흔들리지 않고 가는 사랑이 어디 있으랴

젖지 않고 피는 꽃이 어디 있으랴

이 세상 그 어떤 빛나는 꽃들도

다 젖으며 젖으며 피었나니

바람과 비에 젖으며 꽃잎 따뜻하게 피웠나니

젖지 않고 가는 삶이 어디 있으랴

—도종환, 「흔들리며 피는 꽃」

정치를 경험하고 나니, 내가 혼자 일하며 겪은 슬럼프는 그리 복잡하지도 무겁지도 않은 것임을 깨달았다. 그것에 비하면, 정치에서 오는 집단의 슬럼프는 무척 고통스럽다. 무력하고 지지부진한 정치 세력이 만들어내는 한국 정치의 슬럼프는 수많은 사람들로 하여금 한숨을 쉬게 한다. 지난 사 년 동안 우리의 삶을 바꿀 어떤 의미 있는 변화도 이끌어내지 못한 한국 정치에 국민들은 절망을 느꼈다.

정치의 슬럼프는 정당 조직의 운영이 정체되거나, 국민의 생각과 정당 내부의 생각이 달라 공감대를 이루기 어려울 때 갑자기 찾아온다. 그리고 이를 극복하기까지 많은 시간과 노력이 필요하다. 슬럼프는 한순간이라도 방심하고 있으면 금세 알아채고 찾아와 상황을 어렵게 한다.

그런데 나 자신에게서부터 문제를 찾지 않으면 조직의 운영을 개선할 방법을 찾기 어렵다. 정치 내부의 문제를 찾아야 국민과의 시각차를 줄일 수 있다. 자신을 끊임없이 성찰하며 무엇이 문제 해결을 방해하는지 찾아내야 한다. 그리고 다시 바닥에서부터 시작한다는 마음으로 몸을 낮추지 않으면 안 된다.

그런 의지를 갖게 하는 힘은 오직 책임감이다. 국민들로부터 왜 이렇게 잘못하느냐는 질책을 그저 견디는 것만으로는 무너진 정치의 희망을 되살릴 수 없다. 정치의 슬럼프를 극복하려는 강한 책임감이 필요한 때다.

미래의 정치

진보는 궁극적으로 인간이 누리는 삶의 질로써, 즉 그들이 어떻게 향상되고 있는지, 그들의 운명이 어떻게 나아지고 있는지, 그리고 어떻게 그들이 현대적 생활방식에 적응하면서 발을 땅에 굳건히 디디고 있는지로 가늠해야 한다.

—자와할랄 네루

함께 살자

나는 퍽 밝게 자랐다. 넉넉하지 못한 집안 형편에 초등학교 때까지 여름이면 늘 물이 차오르는 지하 단칸방에 살았지만, 마음에 생채기가 날 정도의 어두운 기억은 없다. 어린 시절 이후로도, 나는 크게 슬퍼하거나 마음 상하는 일 없이 살아왔다. 아주 유쾌하고 발랄한 사람은 못 되지만. 이 모두가 부모님이 보살펴준 덕분이다.

슬픈 기억은 국회의원이 되고 나서야 생겼다. 2009년 여름, 나는 쌍용자동차 파업이 끝나던 저녁 어스름께 쌍용자동차 공장 앞 도로 턱에 앉아 한 시간 넘게 울었다.

칠십팔 일 동안 이어진 옥쇄파업 훨씬 전부터 공장 굴뚝 위에 올라간 비정규직 노동자가 있었다. 경찰의 강제 진압 이후 노사합의에 따라 농성을 그만둘 때, 그는 제 발로 내려와 땅에 서지 못했다. 백여 일의 고공 농성에 더해 이십여 일가량 이어진 봉쇄로 사십대의 건장한 육체 노동자들이 한 끼 식사로 차례지는 주먹밥 하나 씹어 넘기지 못할 극심한 긴장과 고통 속에서, 약해진 몸과 휘청거리는 다리로는 스스로 걸어 내려올 수 없었던 것이다. 그 비정규직 노동자의 농성을 끝내기 위해 헬리콥터가 굴뚝 위를 선회했다. 로프가 내려오고, 그는 묶인 채 매달려 올라갔다.

어스름한 저녁 하늘 가운데로 멀어지는 그 남자를 보며 눈물이 그치지 않았다. 도대체 왜 이래야 하나. 노동자도 그 아내도 죽어나가는 이 절망 속에서, '함께 살자'는 오직 그 한 마디를 하는 것이 왜 이렇게 어려워야 하나. 같이 일하던 노동자들끼리 서로 싸워야 하고, 눈물을 쏟아야 하는 어처구니없는 상황이 대체 언제까지 계속되어야 하나.

쌍용차 파업이 끝난 며칠 뒤, 그해 5월부터 8월 초순까지 내 얼굴을 거의 못 보고 지낸 아이들과 놀이공원엘 갔다. 놀이기구를 타고 공중에 오르니, 물도 음식도 차단당한 도장 공장에 공중을 날아서라도 가고 싶었던 기억, 헬리콥터며 기구를 물색했던 기억이 떠올랐다. 아이들은 놀이기구를 옮겨 다니느라 바쁘고, 나는 한여름

땡볕 속에서 망연했다.

슬픈 기억은 나를 변화시켰다. 쌍용차 사태 이후, 힘에 대한 욕심이 생겼다. 집권해야겠다는 생각이 비로소 생겨났다. 다시는 이런 전근대적인 인권 유린이 일어나지 않도록 하고 싶었다. 노동자들이 노동자들과 싸우는 일이 벌어지지 않도록 하고 싶었다. 정리해고 앞에서 무기력한 정부가 아니라 기업의 사회적 책임을 강하게 물을 수 있는 정부를 만들고 싶었다.

하지만 여전히 쌍용차는 아픈 기억이다. 파업이 끝난 뒤 지금까지 이 년여 시간 동안 조합원들이 맞닥뜨린 일들은 차마 글로 옮겨 적을 수 없다. 한 조합원의 아내가 십이층 아파트에서 뛰어내렸고 아들은 손목을 그었으며, 마흔네 살의 그 조합원은 겨울날 아침 심근경색으로 갑자기 세상을 등졌다. 세 살배기 아이를 둔 또 다른 동료는 차 안에서 번개탄을 피웠다. 그리고 제삼의 외국 기업으로 인수된 회사는 여전히 무급휴직자들이 회사로 돌아오는 것을 거부하고 있다.

하지만 슬픔을 슬픔으로만 남겨두는 게 아프도록 미안한 사람들, 슬픔에 빠진 사람들을 그냥 두고 보는 게 너무나 슬픈 사람들이 있었다. 손목을 그은 아이의 계속된 자살 시도를 보다 못해, 어느 날 밤 트위터에서 병원비를 대줄 사람을 찾던 가수 박혜경. 몇 시간도 안 되어 병원비 대출 사람을 찾았다며 '내 동생은 내가 지킨다!'라고 말하는 정말 천사 같은 사람.

눈물이 그렁그렁한 채 조합원들과 그 가족들의 말을 들어주고 감싸주며 치유하는 정신과 의사 정혜신 선생. 그 아픔을 온몸으로 함께 겪어낸 형제 같은 동료 조합원들. 가난한 택시 노동자 허세욱 님이 2006년 한미 FTA를 반대하며 분신한 뒤 모은 기금으로 쌍용자동차 조합원 자녀에게 장학금을 건넨 한독운수 택시 노동자들.

국가가 눈길조차 주지 않아 철저하게 소외당한 사람들과, 경찰의 폭력 때문에 참을 수 없는 고통을 당하고 상처를 입은 사람들을 시민과 노동자들이 돌보고 있다. 2012년 변화의 시기에 우리가 일구어야 하는 변화는 이런 사람들을 치유하고 돌보는 것이 아닐까. '함께 살자'는 말이 그 변화의 열쇠이어야 하지 않을까. 나에게 새겨진 슬픈 기억을, 이 변화와 함께 지우고 싶다.

정치인이라는 존재

나는 이제 어디 가든 고개 숙일 일만 남았어. 국회의원이 되고 나서 얼마 뒤 떠올린 생각이다. 누구를 만나든 이야기를 잘 들을 것. 일이 안 되어도 남을 먼저 탓하지 말고 나를 먼저 돌아볼 것. 나를 먼저 낮추고 겸손할 것. 정치인이라는 자리는 나에게 성찰과 겸손의 의무를 주었다.

정치인은 무한 책임을 지는 존재다. 국민의 뜻으로 세상을 바꾸겠다고 나섰으니, 어떤 문제든 다루지 못할 것이 없고 불가능하다고 그만둘 수 있는 것이 없다. 더 잘할 수 있었는데, 더 일찍 나설 수 있었는데 그렇게 하지 못했다는 반성과 아쉬움이 늘 따라다닌다. 모든 불행한 사태에 책임을 느끼고 더 좋은 방향으로 이끌지 못한 것을 끊임없이 반성해야 하는 존재, 그것이 정치인이다.

2009년 8월, 쌍용자동차 정리해고 사태로 공장 정문 앞 천막에서 열흘가량을 보낼 때다. 노사 협상이 진전 없이 파국으로 치닫고 경찰 투입이 시작된 아침, 사측 입장에 선 수백 명의 노동자들이 정문 앞으로 몰려왔다. 앞줄에 있는 사람들은 청소를 한다는 명목으로 빗자루를 들었고, 뒤쪽은 쇠파이프를 들었다. 그들은 인권 유린 사태를 막고자 정문 앞 인도에 머물고 있던 종교인들과 인권 단체들을 쓰레기 치우듯 삽시간에 몰아내고 그 자리를 차지했다. 가림막마저 빼앗긴 채 깔개 몇 개 남은 민주노동당 천막만 그들 사이에 남겨졌다. 험한 말과 비아냥거림, 고문 같은 햇빛이 무한정 쏟아졌다.

한여름 저녁이 되자, 빗자루를 들었던 한 노동자가 다가와서 말을 걸었다. 창원공장에 다닌다고 했다. 선거에서 권영길 의원을 찍었다고 한다. 진작 정부가 자금 지원해서 살리게 하지 왜 지금에야 왔느냐면서 눈물을 글썽였다. 내가 전날 만난, 이십 년 회사 다니다 해고당했다는 평택 공장 노동자와 그는 어떻게 다른가. 왜 이들이 서로 다른 자리에서 싸우는 것을 막지 못했나.

도장 공장에서 농성하는 노동자들에게 나눠줄 생수병을 모조리 부숴버린 그들, 빗자루로 우리를 쓸어낸 그들, 우리에게 폭언을 퍼붓는 그들을 탓할 수 없었다. 제가 부족했습니다. 게을렀습니다. 죄송합니다. 새까맣게 탄 그의 얼굴을 보며 마음속으로 되뇌었다.

무한 책임은 평범하고 안온한 삶으로부터 완전히 벗어나기를 요구한다. 다른 사람의 삶을 책임진다는 것은 참으로 어려운 일이다. 일상에 잠겨 있어서는 책임질 엄두도 내지 못하고, 감히 책임질 수도 없다. 일상에서 벗어나는 것만으로도 모자라 자신의 한계를 끊임없이 뛰어넘어야 한다.

책임이 무겁다고 해서 누구에게나 찾아오는 삶의 고통과 외로움이 면제되는 것은 아니다. 평범한 삶을 미룬 대가는 자신의 몸에든, 가족의 마음에든 반드시 영향을 미친다. 개인과 가족의 범위 안에서는 어쩌면 그것이 공정한 것일 수도 있다.

하지만 역사를 짊어지겠다고 나선 정치인은 아무리 고통스러워도 뒤로 물러서지 않아야 한다. 나는 한 역사학자의 글에서 그 책임의 정도를 가장 무겁게 표현한 구절을 찾았다. 역사와 그 안에 속한 사람들의 운명을 위해서는 자신의 안전마저도 스스로 책임지지 않으면 안 되는 존재가 정치인임을 지적한다.

"좌우합작운동은 우리에게 또 하나 중요한 교훈을 남겼다. 사회지도자는 중요한 시기에 죽어서는 안 된다는 것이다. 그는 한 개인이 아니라 공인이기 때문이다. 좌우합작운동을 실패에 이르게 한 것은 바로 여운형이라는 한 지도자의 죽음이었다."

언제부턴가 정치인으로 살아가려면 구도의 마음이 아니면 안 되겠다고 생각했다. 나를 온전히 내려놓고, 나를 던져야 하는 순간들이 끊임없이 다가온다. 그때마다 지금까지의 내 모습을 지키는 데 무게 중심을 두거나 내 자리에 미련을 가지면 일을 그르친다.

나를 버리고 가야 올라설 수 있다. 발걸음을 내디딜 때마다 걱정이 되는 것은 당연하다. 거대한 국민의 힘이 나를 지켜줄 것이라는 믿음이 없다면, 위기 앞에 나서기 어렵다. 그래서 늘 위기와 함께 살아가는 나에게 신약 성경에 나오는 이 구절은 커다란 힘이 된다.

"공중의 새들을 보아라. 그것들은 씨를 뿌리거나 거두거나 곳간에 모아들이지 않아도 하늘에 계신 너희 아버지께서 먹여주신다. 너희는 새보다 훨씬 귀하지 않느냐? 너희는 먼저 하느님의 나라와 하느님께서 의롭게 여기시는 것을 구하여라. 그러면 이 모든 것도 곁들여 받게 될 것이다."

후회는 없다

정치인이 되기로 한 나의 선택에 후회는 없다. 이미 선택한 것을 후회하지 않는 게 내 삶의 원칙이다. 그 결정이 단 이틀 만에 초고속으로 이루어졌지만, 후회하지 않겠다고 결심했다. 정치 참여를 오랫동안 고민하는 사람들을 설득하다 거듭 실패하게 되자, 꼭 오라고 애타게 매달리는 사람도 없었는데 나는 어떻게 제 발로 그렇게 빠른 시간 안에 정치에 입문했을까 하고 생각한다. 하지만 후회하지 않겠다는 결심을 버린 적은 없다. 후회한다고 되돌릴 수 있는 상황이 아니니까, 어떻게 잘할지 구체적인 방법을 찾는 게 더 빠르니까.

정치 참여 결정을 뒤집을 뜻이 없었고 잘한 결정인지 아닌지 가려볼 생각도 없었지만, 내가 과연 잘하고 있는 것일까 하고 국회의원 임기가 시작된 첫해에 여러 번 생각했다. 이십대의 짧은 경험 끝에, 잘하는 일을 하자는 결심이 내가 법률가가 된 근거였다. 나는 지식 노동자의 일은 잘할 수 있다고 생각했고, 십여 년 법률가로 일하면서 그 판단은 크게 틀리지 않았다.

그러나 민주노동당 국회의원이 해내야 하는 일은 단순히 지식 노동에 머물지 않았다. 국회의원이 되겠다고 결정할 때는, 민주노동당 국회의원이 해야 하는 일의 범위가 어떤 것인지조차 잘 알지 못했다. 그래서 단 이틀 만에 그렇게 빨리 결정할 수 있었는지도 모른다. 국회 안에서 벌어지는 토론과 논쟁 외에 다른 것은 예상하지 못했다. 논쟁과 토론은 자신 있었지만, 막상 시작해보니 노동 현장에도 가야 하고 집회에서 마이크 잡고 연설도 해야 하는데, 잘할 수 있을지 확신이 들지 않았다.

결국 어렵게 배우며 익힐 수밖에 없었다. 뼈를 깎아서라도 해내야 한다는 생각으로 몰두했다. 그러다 보니 편해졌다. 컨베이어벨트 돌아가고 기계 소리 시끄러운 현장을 뛰다시피 돌며 노동자들과 일일이 악수하는 것이 즐거워졌고, 마이크 잡고 시민들과 대화하는 것에도 조금씩 익숙해졌다.

민주노동당 국회의원으로, 당 대표로 일하면서 많은 분들의 환대를 받았다. 그 환대는 내가 서민들 편에서 깨끗하게 열심히 일할 것이라는 믿음에 기초한 것이다. 다른 사람의 믿음이야말로 내가 열정을 발휘하고 자신감을 가질 수 있는 원천이다. 2010년 지방선거를 거치면서 그 믿음이 더 커졌다.

하지만 가끔은 외롭다. 함께 일하는 사람들이 작은 차이를 놓고 언성을 높일 때, 진보의 길을 함께 가는 사람들이 서로의 부족함 때문에 같이 못 할 사람처럼 갈라설 때, 그런 모습을 보는 나는 무척 외롭다. 나는 갈라서는 데 익숙하지 않다. 굳은 얼굴로 언성을 높이는 모습을 보는 것만으로도 가슴이 답답하고 몸이 아프다.

사람이 부족한 것은 당연하다. 누구나 그렇다. 함께 일하는 사람의 부족함을 비난하기보다 있는 그대로 인정하고 감싸주는 동지애가 중요하다. 그것이야말로 함께 일하는 사람의 진실과 열정을 이끌어낼 수 있는 힘이다. 그러므로 누구에게도 쉽게 실망하거나 절망하지 말아야 한다.

허탈할 때도 있다. 내가 바꿀 수 있는 것이 없을 때, 마지막 순간에 반대한다고 말하는 것 외에 아무것도 할 수 없을 때, 허탈하다. 더 잘했으면 이런 상황을 만들지 않을 수 있었을 텐데, 하는 생각이 나를 괴롭히고, 할 수 있는 것이 과연 무엇이냐는 힐난이 나를 뒤흔든다. 해마다 국회에서 치르는 전쟁을 눈앞에서 지켜보며 내 몸을 추스르고 앞에 나가 무엇을 말해야 할 때, 내 얼굴은 분노의 감정을 담지만 마음속에는 자책과 허탈감이 차오른다.

앞으로 어떤 파도가 밀려올지 짐작할 수 없다. 굳이 예상하지 않는 것이 현명할지 모르지만, 가장 즐거울 날을 미리 그려본다. 언젠가 누가 나를 딛고 오르게 될 때, 내 자리를 내주고 흔연히 돌아설 때 가장 즐겁지 않을까. 모든 능력을 다 짜내고 책임 앞에서 주저하지 않되, 겸허하게 자신을 볼 수 있어야만 그 즐거움을 얻을 자격이 생기겠지.

다시 나에게 질문을 던진다. 나는 왜 정치인이 되었나. 나는 왜 정치를 하는가. 책임져야 하는 게 전부이고, 잘했다고 내놓을 만한 것은 극히 드물며, 되는 것보다 안 되는 것이 훨씬 많은 이 고달픈 일을 왜 하는가. 때로는 어렵고 때로는 외로운, 이 힘든 일을 왜 하는가.

나는 '정치'에 특별한 관심이 있지 않았다. 대학에 들어가 세상에 눈뜨며 세상이 바뀌어야 한다고 생각했을 뿐이다. 세상에 눈뜨며 알게 된 민주, 인권, 평등, 통일과 같은 가치들이 우리 모두를 행복하게 할 것이라고 믿었다. 그리고 세상을 바꾸기 위해 내가 가장 잘할 수 있는 방법으로 변호사의 길을 걸었다.

그리고 이제 정치가가 되었다. 정치는 세상을 바꾸는 일이다. 이미 만들어진 법으로는 바꾸기 어려운 것들을 정치는 바꿀 수 있다. 그 바탕에는 사람의 마음이 있다. 세상을 바꾸려면 사람의 마음을 얻어야 하고, 사람의 마음을 모으는 것이 정치이기에, 그래서 정치를 한다. 세상을 바꾸고 싶어서.

'여성' 정치가

"어이구, 사모님이시네……."

아직도 종종 듣는 말이다. 육 개월에 한 번씩 치르는 보궐선거 기간이 십사 일이고 일 년이면 이십팔 일이므로, 거의 한 달가량을 지역에서 선거운동으로 보낸다. 주변이 소란스러워 인사말을 알아듣기는 어렵고, 내 얼굴을 쉽게 알아보지는 못하지만 선거에는 무관심하지 않은 사람들로부터 듣는 가장 흔한 반응이 '사모님'이라는 호칭이다. 내가 여성으로서 정치하면서 부딪히는 첫 번째 난감한 상황이다.

끄덕끄덕. 당연히 이해는 한다. 민주노동당 대표가 매일 공중파 방송에 비치는 인물도 아니니, 특히 지방에 가면 얼굴을 모르는 분들이 많다. 꽤 젊어 보이는(?) 여성이 정당 대표를 한다는 자체가 드문 일이라며 떠들썩하게 신문 방송에 나오는 것도 한철이다. 거기다 후보도 아닌데 후보 지지를 호소하고 다니는 사람은 열에 아홉은 후보의 배우자인 게 정치 현실이다 보니, 주민들 입장에서는 합리적 반응을 보인 셈이다. 하지만 그럴 때마다 한국 사회에서 여성이 정치하는 것은 쉽지 않아, 하는 생각이 점점 커진다. 나는 여성에 대한 편견의 벽에 이렇게 늘 부딪히면서 일한다.

여성으로서 정치하면서 난감한 두 번째 상황은 '화장한 거야?'라는 말을 들을 때다. 국민들에게는 정치인의 인상도 카메라를 통해 전해지기 때문에 변호사 할 때처럼 화장하지 않고 다닐 수는 없게 되었다. 볼 발그레한 이십대는 지나간 옛날이니 '생얼'을 내세울 처지도 전혀 못 된다.

그러나 아무리 화장을 해도 돌아오는 말은 달라지지 않는다. 방송국에 가서 촬영할 때면 분장실에서 화장을 해주는데, 이때 나는 늘 주도권과 통제력을 잃는다. 대부분의 여성 정치인들이 놀라운 화장술을 가진 것처럼 보이지만, 화장에 관해 나는 늘 혼란스럽다. 아직도 난감 그 자체다.

최근 이 문제에서 약간 부담을 덜게 된 상황이 생기기는 했다. 다름 아니라, 2011년 10월 서울시장 보궐선거에서 한나라당 나

경원 후보가 연 회원권이 일억 원이나 되는 피부 클리닉에 다녔다는 주장이 제기되면서다. 자신은 훨씬 적은 돈을 냈으며 일억 회원권은 허위 사실이라고 주장하지만, 클리닉 원장의 증언에 따르면 2011년 초에 오백만 원에서 천만 원 사이의 돈을 한꺼번에 현금으로 낸 것은 흔들릴 수 없는 사실로 확인되었다.

갑자기, 얼굴에 돈 쓸 줄도 모르고 쓸 능력도 없이 카메라 앞에 나서고 유세차에 올라탔던 내 피부가 훨씬 낫다는 말이 들려온다. 다행이다. 그러나 얼마나 오래갈지는 모르겠다. 새누리당이 늘 선거 때마다 젊고 뛰어난 미모에 옷 잘 입는 여성 변호사를 영입해 비례대표로 내세우는 전략을 버리지 않을 테고, 방송은 그에 주목하는 습성을 쉽게 버리지 못할 테니 말이다.

세 번째로 난감한 상황은 같은 여성이라는 이유만으로 너무나 자주, 너무나 많은 사람들로부터 다른 여성 정치인들에 대해 어떻게 생각하느냐는 질문을 받는 것이다. 2008년경에는 '심상정 의원에 대해 어떻게 생각하세요?'라는 질문을 많이 받았다. 언론은 비교를 해야 속이 시원한가 보다. 여성 정치인이라는 동일선상에 놓고 자꾸만 비교하고 싶어 한다. 불필요한 경쟁 구도를 만들어보려는 것 같다. 뭘, 어쩌라고요. 그분은 그분이고 이정희는 이정희이지요. 같은 진보 정치인이라고 해도 성격도 특징도 장점도 단점도 전부 다르니 생긴 대로 일해서 평가받는 거죠.

2010년경부터는 '박근혜 의원에 대해 같은 여성으로서 어떻게 생각하세요?'라는 질문을 줄곧 받았다. 솔직한 내 마음은 '같은 여성이라는 것이 무슨 상관인데'다. 나는 보수적인 여성이 아니라 진보적인 남성이 양성 평등을 진전시킬 수 있다고 생각한다. 나는 책임 있는 지위에 있는 인물이 '여성'이라는 이유만으로 어떤 기대도 갖지 않는다.

한국 사회에서 여성으로 산다는 것은 소수자로 취급받는 경험을 쌓는 것이다. 아무런 합리적 근거도 없이 여성이라는 이유만으로 능력이나 업무 집중도가 떨어질 것이라는 추측을 감수해야 한다. 이 추측은 낮은 대우와 조기 이직을 합리화하며, 여성에게 뚫고 나가야 할 어려운 난관을 짐 지우고, 결국에는 낙오를 유발한다.

따라서 여성으로서 정치를 한다는 것은, 자신이 소수자로 취급받은 경험을 곱씹어 모든 소수자들이 평등하게 살아갈 수 있도록 노력하는 것이어야 한다. 차별에 분노하고, 그것이 왜 불합리한지 따지고, 때로 그 옹벽 앞에서 좌절한 경험을 잊지 않아야 한다.

우리 사회에서 최상위층에 속하는 여성 정치인의 대열에 들어서면 이는 더욱 중요하다. 최상위층에서는 남녀의 구별이 차별로 이어지기보다 오히려 주목받는 이유가 되며, 이것은 보통의 여성들이 겪는 상황과 완전히 다르기 때문이다. 내가 주목과 환대의 비단길 위에서 초고속으로 성장한 보수적인 여성에 대해 '여성'이라는 이유로 기대를 갖지 않는 근본적 이유다.

'같은 여성으로서' 박근혜 의원에 대한 나의 판단은 그녀가 한국 사회에서 단 한 순간도 '여성'으로 살아보지 않은 사람이라는 것이다. 박근혜가 누리는 지금의 지위는 '존경받는 여성'으로서가 아니라, 박정희 전 대통령의 부와 명예, 사회적 지위를 상속받은 '공주'로서 얻은 것이기 때문이다. 나아가 앞으로 그녀가 무엇을 획득하든 그 상속의 기반 위에 쌓일 수밖에 없는데, 그 지위와 기반은 오직 박근혜만이 가졌던 것이므로 선망의 대상일 뿐 공감의 토대일 수는 없다.

차별의 현실을 살아가는 대다수 여성들은 박근혜 의원에게 자신들의 열망을 투영할 수 없고, 박근혜 의원 역시 이들을 대변할 의무감을 가질 수 없다. 만일 그녀가 대통령이 된다 해도 한국 사회에서 여성의 삶을 바꾸는 데 어떤 실질적이고 긍정적인 영향도 미치기 어려울 것이다.

하지만 아직도 '여성으로서 정치를 한다는 것'은, 여성으로서 노동하고, 농사짓고, 아이 키우는 그 모든 일에 비해 덜 차별받는다.

'국회의원 이정희'는 '아줌마' 또는 '미스 리'로 불리지 않고 적어도 겉으로는 존중받으며, 때로 남성 정치인에 비해 크게 주목받는다. 그래서 미안하다. 그래서 책임을 느낀다.

정규직 남성 노동자 임금의 삼분의 일에 해당하는 임금으로 일하는 비정규직 여성 노동자들의 현실을 하루빨리 개선시켜야 한다. 아이가 눈병이라도 나면 직장을 쉴 수도 없고 아이에게 붙어 있을 수도 없어 고통의 시간을 보내는 엄마들에게 육아와 직장을 병행할 수 있다는 본보기가 되어야 한다는 채무의식을 갖고, 나는 오늘도 여의도에서 살아남기 위한 싸움 중이다.

지금 현재, 여성이 정치의 길로 들어서는 데 가장 유용한 제도는 여성할당제다. 비례의원의 50퍼센트를 여성으로 하게 되어 있고, 지역구에서도 공천자의 일정 비율이 여성이어야 한다. 이를 정당 내부 규정으로 두기도 한다. 여성할당제는 여성의 정치적 대표성이 보장되기를 촉구해온 여성운동의 성과다.

여성할당제는 여성 전체에 대해서는 공정성이 보장되도록 하는 최소한의 조치이지만, 여성 의원 개인에 대해서는 남성보다 훨씬 덜한 경쟁을 거쳐 그 지위에 일찍 오르게 하는 혜택임이 분명하다. 그 때문에 여성할당제로 정치를 시작한 여성들은 여성을 대표할 책임이 훨씬 무겁다. 하지만 여성할당제로 진출한 여성정치인들이 제도의 도입 취지에 맞게 활동했다고 평가받기는 어렵다.

2008년 12월 12일, 옛 한나라당이 단독으로 감세법안과 예산안을 통과시킨 직후 열린 의원총회에서, 당시 박희태 대표는 "이제야말로 의사당에서 진정한 남녀평등이 실현되었다"고 했다. 한나라당 여성 의원들이 나서서 나를 의장석에서 끌어내렸기 때문이다.

여성 의원들의 행동이 옳든 그르든 이 말은 여성 의원들에 대한 비하이고, 남녀평등에 대한 몰이해의 전형이다. 그러나 한나라당 내에서 이에 대해 어떤 반박이나 시정도 없었던 듯하다. 그 이후로도 한나라당 여성 의원들은 야당 여성 의원들을 끌어내리는 데서 자신의 역할을 찾았다. 여성성이라는 진보의 가치를 위해 일하지 않는 사람들에게서 과연 여성할당제의 의미를 찾을 수 있을까.

한국 정치 관찰기

예상과 달리 나는 꽤 순진한 사람이다. 일을 하기 전에 일의 맥락과 앞뒤를 따지는 편이지만, 사람들에 대해서는 미리부터 부정적인 평가를 하지 않는다. 국회의원이 되기 직전, 한국 정치에 대한 나의 생각도 마찬가지였다.

사람들은 정치가 썩었고 코미디에 불과하다고 말하지만, 나는 열심히 법을 만들고 정부 정책을 변화시키겠다는 결심으로 국회의원이 되었다. 썩은 정치, 코미디 같은 정치의 모습을 보게 될 것이라고는 생각조차 하지 않았다. 국회의원 출마를 고민하고 결정한 시간이 워낙 짧았기 때문에 이 문제를 생각할 겨를도 없었다. 아마 그 실상을 알고 있었다면, 고작 이틀 만에 국회의원이 되겠다고는 안 했을지도 모른다.

권위 의식, 말 돌리기, 치켜세우기, 패배주의, 거래 본능. 내가 관찰한 한국 정치의 단면들이다. 이것만 잘해도 이른바 정치 구단으로 등극할 수 있다.

첫째, 권위 의식. 정치를 하면 사람이 바뀐다고들 한다. 또는 정치판에 들어오니 실망했다고들 한다. 이유는 복잡하지 않다. 정치판을 움직여온 행동의 수준이 매우 낮기 때문에 살아남으려면 그에 맞춰 행동해야 하고, 그러면서 자신도 모르게 거기에 동화되어 버린다. 정치 현장에서 만나는 기대 이하의 인간 군상들 수준에 익숙해지지 않으면 계속 견디기 어렵다. 선택지는 두 가지뿐이다. 익숙해지거나 떠나거나. 그런데 사람의 수준을 단 한순간에 크게 떨어뜨리는 것이 바로 권위 의식이다.

2009년 여름에 한 야당 의원과 공동으로 토론회를 열기로 했다. 우리가 준비한 토론회를 함께하자고 해서 그러자고 했던 것이다. 그런데 그 의원이 국회 정문을 나서다 토론회 현수막을 보고 노발대발하여 나에게 전화를 했다. 주관 의원 이름에 자기 이름보다 내 이름이 앞에 나온 게 문제였다. "제일 야당 재선 의원으로서 이런 모욕은 처음"이라며 현수막을 바꾸라고 하기에 "아예 현수막을 떼어버릴까요" 했더니 그러란다. 토론회를 알리는 일보다 오직 자신의 이름이 뒤에 나오는 상황을 막는 게 중요하다는 것이었다. 그날 밤에 우리 보좌관들과 함께 나가서 당장 현수막을 떼어버렸다.

둘째, 말 돌리기. 정치인들이 솔직한 때는 매우 드물다. 자기 생각의 전부를 말하지 않는다. '잘 들었습니다'라고 하면 당신 말에 동의하지 않는다는 뜻이다. '검토하겠습니다'라는 말은 받아들이지는 않겠지만 당신 체면을 생각해서 이 자리에서는 거절하지 않는다는 뜻이다. '충분히 토론했습니다'라고 하면 당신 의견이 어떻든 자신의 뜻대로 꼭 하고야 말겠다는 뜻이다.

말 돌리기는 때로 불편한 자리를 모면하는 유용한 방법이다. 솔직하게 무엇이 어렵고 왜 안 되는지 말하지 않고 대강 얼버무린다. 이런 모습은 정말 싫다. 동의하지 않으면 동의하지 않는다고 말해야 한다. 싫으면 싫다고 말해야 한다. 그래야 토론이 가능하고 평가가 가능하지 않은가. 몇 번 이런 경험을 되풀이하다 보면, 누구의 말도 믿기 어렵게 된다. 말이 믿음을 만들지 못하는 데가 정치권이다. 나조차도 말로는 못 믿겠으니 행동으로 보이라고 다른 야당에 말할 정도이니, 국민들이 보기에는 뒤통수 맞았다고 느껴질 일이 부지기수다.

셋째, 치켜세우기. 정치인들의 상당수는 참 특이한 인간 유형이다. 18대 국회가 시작되고 얼마 뒤에 5선 여당 국회의원의 전화를 받았다. 참으로 다양한 표현을 동원해 나에게 칭찬 세례를 퍼부었는데, 처음에는 약간 쑥스러워하면서 들었다. 그런데 기나긴 칭찬의 말을 다 듣고 보니, 이런 칭찬을 한 이유가 내가 특별히 칭찬받을 만해서 그런 게 아니었다.

수많은 사람들에게 맞춤형 칭찬을 넘치게 해주면서 이십 년 의정 활동을 완성해가는 그분의 탁월한 능력이었다. 점잖고 교양 있는, 격의 없고 소탈한, 마르지 않고 샘솟는 칭찬으로 대화 상대방을 만족시키며, 마이크를 잡으면 반드시 행사 주최자와 주요 인사를 상찬하는 놀라운 능력. 숨이 찬다. 왜 이렇게 치켜세우기가 필요한가.

넷째, 패배주의. 2011년 4월 보궐선거에서 야권연대로 압승한 지 며칠 만에 당시 민주당이 한나라당과 한-EU FTA 통과에 합의했다. 야권연대 정책 합의에서, 중소 영세 상인을 위한 기업형슈퍼마켓SSM규제법을 무력화하고 농업 피해를 일으키는 한-EU FTA를 반대하기로 했는데, 민주당이 이를 무시한 것이다. 당시 민주당 원내 대표의 주장은 "어차피 한나라당이 마음만 먹으면 통과시키는데, 우리가 반대만 하면 아무것도 얻지 못하고 당하기만 하는 것 아니냐. 하나라도 얻어내야 하지 않느냐"는 것이었다.

'정치는 대화와 타협'이라는 격조 있는 표현으로 합리화되지만,

그 이면에 깔린 것은 패배주의와 셈법이다. 어차피 질 수밖에 없다는 패배주의는, 포기와 체념을 일상의 의식 상태로 만든다. 하나라도 얻기 위해 합의해야 한다는 셈법은, 옳고 그른 것이 무엇인지, 나중에라도 무엇을 기필코 바꿔야 하는지에 대한 구분선을 흐려버린다. 이런 일이 사 년, 팔 년 되풀이되면 투지도 열정도 깊이 가라앉고, 이른바 중용의 도와 운용의 묘만 횡행할 뿐이다.

고리타분, 어영부영. 이것조차 새누리당이 벌인 '나쁜' 일과 민주주의 파괴 행위에 비하면 가벼운 흠이라고 할 수도 있다. 하지만 아름답지도 감동적이지도 않다. 지도부급 인사들은 공천권을 가진 사람과 손잡고, 나머지는 그 밑으로 줄 서는 구조. 겉으로는 명분을 내세우지만 속으로는 철저하게 이해관계에 따른 정치인들의 이합집산에서는 정치의 보람이 피어나기도 전에 신물부터 난다.

다섯째, 거래 본능. 정치인들의 생존 능력을 이루는 중요한 요소 중 하나가 거래 본능이다. 하나 주면 하나 받아야 한다. 받을 것이 없으면 주지 않는다. 당연한 것도 반드시 대가를 받아야 동의해준다. 당연하지 않은 것도 그 대가에 포함되어 함께 법안으로 통과될 위태로운 지경도 벌어진다.

2011년 연말 정기국회에서 여야 합의로 통과시키려다 강한 반대 여론에 부딪혀 무산된 전자주민증 도입 법안은, 이미 그해 여름에 해직공무원복직특별법 통과의 대가로 함께 처리될 뻔한 전력이 있다. 결국 둘 다 포기해야 했다. 작은 선을 이루려다 더 큰 악을 불러올 수는 없으므로.

또 다른 예로 통상절차법을 들 수 있다. 2008년 국회 등원 조건으로 당시 한나라당과 민주당은 그해 말까지 통상절차법 제정을 완료하기로 서면 합의했다. 그러나 그해 겨울, 한나라당이 이른바 MB 악법 전쟁을 시작하면서 통상절차법 제정을 북한인권법과 연계하는 바람에 그 후 삼 년 동안이나 한 발짝도 진전되지 못했다. 그러다가 한미 FTA 비준안에 대해 민주당이 반대 표결은 하되 물리적 행동을 하지 않는다는 조건으로 상임위 합의까지 이루어지고, 날치기 강행 처리로 국회 등원을 거부하던 민주당이 예산안 처리 등을 위한 등원 조건으로 내걸면서 2011년 연말 본회의에서 통과되었다.

꼭 필요한 법안 통과도 국민들이 알지 못하는 사이에 본질과 관계없는 일로 대가 관계가 형성되는 것이 국회의 관례처럼 통용된다. 이런 행태는 일 자체의 옳고 그름을 판단해 일을 처리하지 못하게 한다. 그것이 협상의 기술이고 공존의 방법이라고 하는 의원들도 있지만, 근본에서 옳지 않다. 그러하기에 마지막 순간에는 재공격의 빌미를 준다. 개별 의원 차원에서도 지역구 예산 챙기기로 암묵적인 대가 관계가 형성되기 때문이다. 2008년 예산안 강행 처리 당시, 한나라당 의원들은 "예산안 처리에 그렇게 반대하더니 뒤로는 야당 의원들도 지역구 챙기기 '쪽지 예산'을 밀어 넣어 전부 따내지 않았느냐"고 야당 의원들을 신랄하게 꼬집었다.

심지어 이런 속내가 숨김없이 드러나는 때도 있다. 2010년 7월 광주 남구 국회의원 보궐선거 당시, 민주당 원내 대표는 선거 유세차에서 마이크를 잡고 "민주당 후보가 당선되면 예결위 간사로 임명할 것인데, 그렇게 되면 백억의 지역 예산은 충분히 따올 수 있다"고 말하는 자신감과 담력을 발휘했다. 그렇다. 지역에 돈 끌어오는 의원이야말로 최고가 아닌가. 민주당 예결위 간사가 지역구 예산을 챙기는데 한나라당 예결위 간사라고 안 하겠는가. 간사들이 챙기는데 예결위 위원장은? 그러면 그 위로는?

주고받기가 일상적 구조로 정착된 예산 배분 관행은, 이를테면 개별 의원들이 회복 불가능한 자연 파괴와 예산 낭비를 가져오는 4대강 사업 예산 통과를 감시하고 막기보다 지역구 도로 예산과 노인정 예산에 더 신경 쓰도록 한다. 누가 4대강 예산 통과에 찬성했는지 반대했는지, 반대하더라도 말로만 반대했는지 실제 행동으로 옮겼는지에 대해서는 관심이 없다. 그보다는 의정 보고서에 자랑스럽게 '예산을 받아왔다'고 쓰고 '공약 잘 지키는 의원'으로 평가받기를 원한다.

정치인들의 의사 결정을 좌우하는 가장 큰 요소는 옳고 그름이 아니라 타협이다. 법률의 제정과 개정 권한을 가진 국회가 헌법이 부여한 '입법기관'의 존엄한 지위에서 공정하게 기능을 발휘하지 않는다. 실제로는 원내 지도부의 소수 국회의원들이 토론의 명분 아래 이리저리 밀고 당기며 타협을 이뤄내면 나머지 대다수의 의원들은 때로는 강행 처리를 위한 행동 부대로, 때로는 형식적인 반대 의사 표시를 위한 거수기로 동원될 뿐이다. 눈에 띄지 않고 기록되지 않는 막후 비공개와 타협의 공간이 빙산처럼 거대하다.

이런 모습으로 가득 찬 정치권의 한복판에 그대로 머물렀다면, 아마도 나는 더 이상 정치를 하지 않겠다고 했을 것이다. 한국 정치는 어쩔 수 없다는 패배주의와 정치 허무주의의 증언자로만 남았을지도 모른다. 다행히도 나는 선명하고 또렷하게 나의 원칙을 지키고 정치권의 어두운 타협 행태를 고발할 수 있는 위치에 있었다. 그 덕분에 새로운 정치, 진보 정치의 꿈을 현실로 바꾸려는 열망을 가득 안고 앞으로 나아간다.

진보 정치의 꿈

꿈을 현실로 만드는 것, 평범한 사람들의 소박한 바람을 실현하는 것, 이것이 내가 만들고 싶은 진보 정치의 모습이다. 신혼집 전셋돈을 마련하려고 빚을 얻지 않아도 되고, 아이를 가져도 직장 그만둘 걱정을 하지 않아도 되고, 아이가 아플 때 마음 놓고 아이와 지낼 수 있고, 사교육비 걱정 없이 학교에서 아이가 원하는 공부를 마음껏 시킬 수 있고, 부모가 입원해도 병원비가 얼마일지 걱정하지 않아도 되는, 누구나 가진 꿈을 현실로 만드는 것이 진보 정치다.

사는 것처럼 사는 세상, 막막하지 않은 세상, 뛰어오를 희망을 가질 수 있는 세상. 그런 세상을 만드는 것이 어떻게 가능한가. 고개 숙인 채 자신의 것, 눈앞의 것만 보지 않고 고개를 들어 저 멀리 사회의 곳곳을 보는 시민이 있어야 이런 세상을 만들 수 있다.

내가 바라는 것이 이루어진 뒤에도 다른 사람에게 꼭 필요한 것을 실현시키기 위해 노력하고 협력하는 사람들과, 내가 바라는 것이 아직 이루어지지 않았더라도 다른 사람에게 꼭 필요한 것이 먼저 실현되도록 나의 일처럼 나서는 사람들이 끝까지 함께 갈 때, 우리가 원하는 세상을 만들 수 있다. 한국 사회는 점차 이런 사람들이 많아지고 있다. 민주정부 십 년을 경험하고서도 다시 이명박 대통령과 한나라당 절대 다수의 국회가 생겨난 이유를 성찰하고 '개념시민'으로서 자신의 정체성을 찾아가는 사람들이 크게 늘어나고 있다.

진보 정치는 평범하게 살아온 사람들이 직접 하는 정치다. 국민이 민원인에 머물지 않고 책임자가 되는 정치다. 국회의원 얼굴 보면서 이 사람들이 과연 서민의 마음을 알기는 할까 하고 답답하지 않은 사람이 얼마나 될까. 국회의원에게 법안이든 예산이든 민원을 부탁하면서 그들이 뻣뻣하다고 느끼지 않는 사람이 얼마나 될까.

진보 정치는 걸음마 단계를 지나 기성 정치권이 쌓아놓은 특권을 일부나마 무너뜨렸다. 이제 진보 정치는 스스로의 벽을 낮추고 문을 열어 누구나 참여하는 진보적 대중정당으로 성장해야 한다. 아이 키우는 엄마도 할 수 있는 정치, 일하는 노동자도 자신의 일

터에서 할 수 있는 정치를 만들고 싶다.

그런데 새 얼굴을 가진 이들이 진보 정치의 전면에 나설 수 있는 환경은, 정치적 입장을 일관되게 지키고 꾸준히 진보적 정책과 조직을 준비해온 진보 정치 세력이 정치 무대의 중심에 서서 만들어야 한다. 그 환경이 갖춰지기 시작하면 상식과 정의감, 의지를 갖춘 사람들이라면 얼마든지 지방의회에서 일할 수 있고, 정치적 힘이 모이면 국회에서도 일할 수 있다. 새로운 것에 대한 욕구를 받아들일 수 있는 정치 세력, 곧 제대로 된 진보 정당이 굳건한가에 따라 한국 정치의 미래가 달라질 것이다.

진보 정치는 솔직 담백한 정치다. 지금까지 정치는 앞에서는 눙치고 뒤에서는 험담하며 칭찬 한마디로 상대방을 떠보고 속으로 계산한 후 은근히 위협하는 협잡의 결정체였다. 정치에 들어선 사람의 선택도 정해져 있었다. 일단 살아남고 보자는 생각에 같이 흙탕물에 발을 담그거나, 아니면 오만 가지 정이 다 떨어져서 정치를 그만두거나. 이래서는 정치가 시민의 것이 될 수 없다.

진보 정치가 기성 정치권의 구태를 씻으려고 노력했지만, 한편으로 낡은 정치적 셈법과 생존 방식이 진보 정치 안에도 스며들지 않았는지 늘 돌아보지 않으면 안 된다. 정치의 국면에 들어서면 밖으로 드러나는 것은 구호뿐이고, 구호가 진보적이면 뭉뚱그려 진보 정치인으로 분류된다. 하지만 진보가 아닌 방식으로 진보가 꽃필 수 없고, 진보가 아닌 사람이 진보를 키울 수 없다. 나는 아무리 구호가 진보적일지라도 '정치 구단'은 싫다.

무엇을 의논할 때 말의 앞뒤 뜻을 정확하게 밝히고, 뜻을 정하면 함께 행동해 현실을 변화시키는 것, 그것이 진보 정치의 전제다. 앞과 뒤가 같고 겉과 속이 같으며 말과 행동이 같은 정치, 그것이 진보 정치의 기본이다. 솔직하고 담백한 정치인들이 주류가 되어 평범한 아이 엄마와 노동자가 정치에 대해 꿈을 가질 수 있게 하고 싶다.

그리운 이름

2011년 12월 5일, 민주노동당은 역사 속의 이름이 되었다. 진보통합을 추진하면서 '민주노동당'을 더 이상 내 이름 앞에 말하지 않겠구나 생각하니 그리움에 코끝이 시큰해졌다.

민주노동당은 나에게 그 무엇보다 가장 그리운 이름이다. 민주노동당이 아니었다면 정치를 시작하지 않았을 것이기 때문이다. 왜 편한 길을 놔두고 어려운 길로 가느냐는 질문을 많이 받았다. 심지어 임기 초반에는 민주노동당의 다른 분들이 자리에 없을 때 민주당 의원들이 '이 의원은 민주당에 딱 맞는 사람이다, 민주당으로 오면 지역구 하나 마련해주겠다'는 말을 여러 번 들었다. 나름 곱게 자란 듯한 변호사 출신이, 길바닥에서 뒹굴던 사람들과 뒤섞여 작은 당에서 고생하는 것 같으니까 그런 말이 나왔겠지.

정치에 들어선 이유는 오로지 민주노동당이, 그것도 2008년 이전보다 더 작고 더 어려워진 민주노동당이 불렀기 때문이다. 민주노동당이 잘 성장해야 우리의 미래가 있다고 어느 순간부터 생각했다. 그런데 대선 패배와 분당을 겪으면서 당이 너무 어려워졌다. 당이 좋은 상황이었다면 굳이 나서지 않았을 것이다. 그러니 처음부터 민주당 같은 큰 정당을 찾아갈 생각은 한 번도 해본 적이 없다.

나쁜 정치를 거부하는 뜻은 비슷하지만, 매사에 애매하고 어영부영하는 태도로 일관하는 정치 세력에게는 아무리 해도 마음을 턱 내줄 수가 없었다. 만약 민주당에서 정치를 시작했다면, 정치를 계속할지 무척 고민하다가 포기했을지도 모르겠다. 의욕도 자신감도 결기도 없는 조직 속에서, 인맥 쌓는 데 별 관심도 없고 인사치레에 서투른 나는 정치권의 허위의식과 앞뒤 다른 이중성에 치를 떨다가 진즉에 튕겨 나오지 않았을까.

민주노동당이 있었기에 지금 나는 정치 일선에 서 있다. 명쾌하고 속 시원한 정치, 믿을 수 있는 정치, 감동을 주는 정치, 그래서 매력적인 정치를 민주노동당을 통해 하고 싶었다. 지금 힘이 부족하더라도 장차 힘을 키울 수 있는 진보적 지향과 구조를 가진 정당, 내가 마음 편히 진보의 목소리를 낼 수 있는 정당, 민주노동당은 내게 유일한 가능성이었다.

특권과 위계질서로 사람들을 얽매지 않고 아무리 중요한 당의 지도자라 해도 언제나 당원들로부터 지혜를 찾고 그들에게 복종해야 하는 곳, 사람들의 삶을 위해서는 안 될 일이라고 지레 포기하거나 멈추지 않고 노력하는 곳, 그런 민주노동당에서 정치를 시작했기에 나는 작은 역할이라도 할 수 있다면 이곳을 지킬 것이다.

'어렵다고 거부해서는 안 될 일'이 지금 내가 정치를 대하는 자세다. 언젠가는 '하겠다고 고집해서도 안 될 일'로 정치를 대하는 자세가 바뀌겠지. 생각보다 더 빨리 그런 날이 올 수 있을지도 모르겠다. 그러나 어렵지 않으리라고 믿는다. 민주노동당에서 정치를 시작했고, 앞으로도 그 정신은 내 행동의 바탕에 깔려 있을 것이므로.

민주노동당은 내게 정말 좋은 사람들을 만나는 기쁨을 주었다. 변호사 업무는 대부분 혼자 하는 일인데, 십여 년 몸에 익은 방식과 달리 모든 일을 함께하는 정당 활동에 비교적 잘 적응할 수 있었다. 그것은 참 좋은 동료들과 함께할 수 있었기 때문이다.

나의 동지이자 동료들인 보좌관들은 말 그대로 모든 것을 바쳐 일했다. 이들 덕에 내가 국회에서 말 한마디라도 제대로 할 수 있었다. 우리 의원실의 노동 강도는 아주 높다. 대단히 넓은 분야의 일을 주어진 가장 짧은 시간 안에 매우 세밀하게 해내는 게 절대적으로 필요하다. 민주노동당의 의원 수는 적고, 꼭 지적해야 할 문제들은 산더미같이 많기에 그렇다.

나는 소속 상임위인 기획재정위원회 심사 법안뿐만 아니라 다른 상임위 법안에 대해서도 수많은 반대 토론을 해야 했다. 생소한 법안 검토와 자료 검색, 관련자 의견 청취까지 엄청난 일들을 동료 보좌관들은 책임 있게 해냈다. 민주노동당이 대변해야 할 사람들에 대한 놀라운 책임감이 없이는 견뎌낼 수 없는 업무 강도였다.

이런 업무량에도 불구하고 동료 보좌관들은 노동자 평균임금만 받고, 나머지를 특별당비로 내면서 일한다. 공무원 급여를 꼬박꼬박 받는 다른 당 의원 보좌관들과 비교하면, 이는 결코 쉬운 일이 아니다. 더 어려운 환경에서 일하는 사람들과 자신을 비교하지 않으면 할 수 없는 행동이다.

원내 교섭단체를 넘어 당이 커지면 재정 상태도 나아지고 의원들과 보좌관들이 내는 특별당비도 달라질 수 있다. 하지만, 노동자 평균임금이 더 올라가지 않는 한 자신의 생활비도 더 늘리지 않겠다는 정신, 더 낮은 생활비만으로 생계를 유지하며 일하는 중앙당과 시도당의 당직자를 먼저 생각하는 정신은 계속 이어지고 지켜

졌으면 하는 바람이다.

민주노동당에서 내가 만난 당직자들은 참으로 깨끗하고 놀라운 사람들이었다. 2009년 7월 말에서 8월 초, 쌍용자동차 도장 공장에서 정리해고를 막으려고 농성하던 조합원들이 사측과 경찰에 가로막혀 물도 음식도 없이 최루액과 테이저건(전기 충격용 총), 새총 볼트 공격에 다치고 무방비로 노출된 때였다. 인권 유린을 막기 위해 도장 공장에 들어가려고 시도할 때, 원래 함께 들어가기로 한 동료가 경찰서 유치장으로 끌려가버렸다. 그러나 나올 때까지 마냥 기다릴 수 없어 혼자라도 들어가려고 했더니, 그럴 때마다 당직자들이 줄을 이어 같이 들어가겠다고 나섰다.

나야 현직 국회의원이니 별 문제가 안 되겠지만 함께 들어가는 당직자들은 건조물침입죄로 구속될 것이 뻔했다. 그러나 아무도 망설이지 않았다. 어떻게 이럴 수 있지, 놀라웠다. 그 얼굴들을 생생히 기억한다. 자신의 그 무엇도 남김없이 던질 수 있는 사람들, 그들 때문에 민주노동당의 이름으로 함께 일하는 것이 행복했다. 그들 때문에 민주노동당의 이름은 나에게 자랑스러운 그리움이다.

"세상에 우리 당원 같은 사람들이 없다."

2009년 5월부터 나는 이런 말을 하게 되었다. 그해 5월 초, 화물연대 광주본부의 지회장으로 일하던 박종태 당원이 대전 대한통운 본사 건너편 숲 소나무에 목을 맸다. 나보다 두 살 아래로 부산 수산대를 졸업하고 광주에서 화물 노동자로 노동운동에 몸을 던진 남자였고, 혜주 정하 두 어린 남매를 둔 아버지였다.

2007년 대통령 선거 때는 한 달 동안 유세차를 운전하며 운전석에서 잠을 잤다는 당원. 그가 특수고용 노동자들에게 최소한의 단결권마저 인정하지 않는 정부와, 화물연대 조합원이라는 이유로 대화조차 거절하는 대한통운에 맞서 싸우다 외롭게 떠났다. 하지만 그의 죽음 이후 오십여 일 만에 함께 싸운 조합원들이 다시 대한통운에서 일하고 장례를 치르기까지, 광주의 당원들이 박종태 지회장과 가족에게 보여준 정과 의리는 말로 표현하기 어려운 것이었다.

동료를 그대로 떠나보내지 못하는 당원들이라면, 누구도 떼어낼 수 없는 정으로 맺어진 조직이라면 세상에 두려울 것이 없겠다고 생각했다. 민주노동당이 한국 정치의 높은 장벽 앞에서 돈도 권력도 아무것도 없이 이렇게 성장한 것은, 이런 당원들이 있었기 때문이다. 민주노동당의 이름으로 이들과 함께했기에 그 이름이 그립다.

민주노동당은 서럽고 아픈 경험을 나와 함께 나눴다. 밖에서는 잘 모를 것이다. 명색이 국회의원이라도 거대 양당 체제 하에서 작은 진보정당 소속 의원이 얼마나 무시당하는지. 늘 말도 안 되는 주장을 내세운다는 다른 정당과 정부 관료들의 편견을 깨뜨리면서 일하는 것이 얼마나 긴장되는 일인지. 동료 보좌관들과 당직자들이 거대 여당의 강행 처리에 맞서다 맞고 다치고 끌려가는 모습을 보는 것이 얼마나 고통스러운 일인지. 1퍼센트가 아닌 99퍼센트에 속한 사람이라면 누구나 이명박 정부 하에서 그 고통의 경험을 함께 했기에, 다시는 이런 상황을 맞지 않도록 승리하겠노라고 다짐하고 또 다짐한다.

통합진보당

"우리 이야기를 해줄 노동자 국회의원이 한 사람만 있었으면……."

스스로를 민주노동당 창당 당원이라고 소개하는 분들은 이 말을 빼놓지 않는다. 한 사람이라도 노동자 국회의원을 당선시키면 세상이 변하는 줄 알았다고 한다. 그 한 사람을 당선시키는 노력으로 민주노동당이 출발했다. 한 사람의 진보적 국회의원으로 인해 정치권의 낡은 기득권과 고루한 궤변이 드러났다. 그가 말하면 속이라도 시원하다. 그러나 그뿐이다. 현실은 그대로이고, 아주 작은 부분에서만 답답할 정도로 느리게 변한다.

오랫동안 민주노동당은 정치권이 썩지 않도록 소금의 역할을 하겠노라고 지지를 호소했다. 한나라당이 절대 과반수를 넘고 민주노동당은 불과 다섯 석으로 시작한 18대 국회에서 내 역할도 크게 다르지 않았다. 존재의 의미는 분명히 있었다. 하지만 소금만으로는 현실을 바꾸지 못했다.

2008년 12월, 민주당이 별다른 항의 없이 이명박 정부의 부자감세안에 합의 서명하려 할 때 원내대표들의 화기애애한 서명 장소에 들어가 항의했던 사람들, 감세안에 대한 점잖은 반대 토론과 기세등등한 찬성 토론이 이어진 본회의장에서 처참하게 끌려나왔던 사람들. 소금같이 일했다고 하지 않으면 위로할 말이 없는 외로운 존재가 민주노동당 18대 국회의원이었다.

민주노동당 의원 몇 사람이야 소금처럼 지내도 외로움을 견딜 수 있다. '왜 만날 반대만 하느냐'고 나이 지긋한 한나라당 의원들이 말해도, 심지어 반대 토론 하러 나가면 '허 참, 또 나왔어!' 하는 비웃음이 본회의장 중앙의 한나라당 의석에서 터져 나오고 의원들이 너나없이 일어서서 나가도, 그래서 모멸감에 온몸이 떨려도 참을 수 있다.

그러나 내가 대변하기로 약속한 사람들의 목소리가 국익에 반한다는 이유로 부정당하고 편협한 견해라고 무시당하는 것은 참기 어려웠다. 재직자의 절반인 이천오백 명이 대규모 정리해고를 당하고 조합원과 그 가족 열아홉 명이 세상을 떠난 쌍용자동차. 또다시 그 같은 죽음의 공장을 막지 못한다면, 나는 정말 무능력한 정치인이 아닐까. 박종태 화물연대 광주본부 지회장처럼 깨끗하고 헌신적인 당원이 죽음으로 저항할 수밖에 없는 상황이 계속되도록 한다면, 그것은 정말 죄악이 아닐까.

2011년 9월 25일, 폭넓은 통합 진보정당을 만들자는 안이 민주노동당 대의원 대회에서 부결되었다. 그날 이후 진행된 서울시장 후보 단일화 경선에서 민주노동당 후보의 지지율은 2퍼센트대에 머물렀고, 야권연대의 정신은 철저히 무너졌다. 나는 이 말 한마디밖에 할 수 없었다.

"제 죄가 큽니다."

이런 현실에서도 조금 늦더라도 통합진보당을 만드는 길로 나갈 수밖에 없는 필연적 이유가 있다. 그것은 독재와 불의에 저항하는 시대가 아닌데도, 또다시 노동자들이 줄지어 목숨을 끊는 현실, 죽음을 통해서만 저항의 목소리가 드러나는 현실 때문이었다. 이런 현실에 대해 철저한 무관심과 외면으로 일관하는 이명박 정부에 책임을 묻고 미래의 희망을 만들지 못한다면, 이 슬픈 패배가 언제까지 이어질지 생각만 해도 가슴이 터질 것 같았다. 더 이상 이 죽음들을 보고 있기가 고통스러웠다. 누가 진보 집권을 먼 미래의 일로만 기다려야 한다고 말할 수 있나, 누가 더 참으라고만 말할 수 있나. 이 죽음의 행렬 앞에서.

더 이상 밥상 위에 놓인 소금의 역할에만 그쳐서는 안 된다. 우리 손으로 밥상을 차릴 수 있어야 한다. 음식에 소금은 조금만 넣는 게 정상이고, 많이 넣으면 짜서 못 먹는다. 스스로 소금의 역할에만 멈춰 있으면 국민들도 그 역할에 필요한 의석만을 준다.

이명박 정부 하에서 파괴된 민주주의와 더욱 심해진 양극화는 국민의 뜻이 자연스레 진보의 방향으로 흘러가게 했다. 국회에서 몇몇 진보적 의원이 고군분투하겠다는 생각만으로는 이 물줄기를 거대한 바다로 곧추 흘러들게 할 수 없다. 진보의 꿈을 현실로 만들기 위해 밥상을 차리겠다고 나서야 그럴 만한 의석과 힘을 국민들로부터 받을 수 있다. 그것이 이 변화의 시대에 진보의 책임을 다하는 길이다.

이것이 통합진보당을 만든 이유다. 노동자들이 목숨을 끊지 않아도 되는 세상, 정직한 사람들이 희망을 버리지 않아도 되는 세상. 그런 세상을 만들기 위한 강렬한 열망과 미룰 수 없는 책임감, 국민의 삶을 지키겠다는 굳은 의지의 자연스런 결과가 통합진보당이다.

옳은 것이 이긴다

통합진보당은 오랫동안 상식처럼 되어버린 한국 정치의 속설 두 가지를 바꿀 것이다.

첫째, '보수는 부패로 망하고 진보는 분열로 망한다'는 속설은 이제 통합진보당의 출현으로 바뀔 것이다. 이명박 대통령은 스스로 '도덕적으로 완벽한 정부'라고 자평했지만, 정권 말기에 대통령의 친형 이상득 의원에서부터 터져 나오는 부패와 비리는 앞으로도 계속 그 실상을 드러낼 것이다.

보수 세력은 부패와 비리로 망할 운명을 벗어날 수 없다. 대한민국 1퍼센트에 속한 자신의 이익을 위해 절대 다수 99퍼센트의 목소리를 무시하고 외면해온 그들이 살아남기 위한 유일한 방법은 무엇이었나. 일제에 부역하고 독재 권력에 빌붙어 거리낌 없이 재벌과 보수 언론의 카르텔 뒤에서 눈에 띄지 않게 저지른 일들이 과연 무엇이었나.

이상득 의원은 비서 계좌로 몇 억 원씩 뭉텅이로 돈을 받았고, 삼성그룹 이건희 회장은 금융실명제를 위반해 차명계좌로 비자금을 만들어 그룹 전체를 아들에게 편법 상속했으며, 한나라당은 집권 여당임에도 투표율을 떨어뜨리기 위해 중앙선거관리위원회의 홈페이지를 공격했다. 이들은 수십 년 동안 이어온 생존 방식인 부정과 비리 때문에 공멸할 것이다.

그러나 진보의 본성은 단합이다. 99퍼센트가 이기는 방법은 뭉치는 것밖에 없고, 99퍼센트는 뭉치기를 원한다. 국민들과 함께 살겠다는 진보는 당연히 단합의 길을 가야 한다. 작은 사안마다 갈라졌던 것은 부족함이었을 뿐이다. 이명박 정부의 등장은, 역사가 한 발짝이라도 전진하려면 진보가 뼈를 깎는 노력을 다해서라도 이 부족함을 떨쳐버려야만 한다는 것을 보여주었다.

이제 진보 세력은 통합진보당의 출범과 함께 통합의 힘으로 이기기 위한 준비를 마쳤다. 다시는 분열하지 않겠다는 의지로 모인 통합진보당은 사랑과 이해의 노력으로 국민의 믿음을 얻고 힘을 키워 폭넓은 연대를 실현해 반드시 이길 것이다. 진보는 분열로 망한다는 속설은 이제 '진보는 통합의 힘이 있다'는 선언으로 바뀔 것이다.

둘째, '옳은 것은 이기지 못한다'는 좌절과 패배로 얼룩진 한국 정치의 과거가 더 이상 되풀이되지 않을 것이다. 민주노동당은 늘 옳은 말만 하는 정당으로 인식되었지만, 늘 '그게 되겠어?' 하는 한 마디에 덜미를 붙잡혔다. 옳은 말도 힘이 없으면 현실이 되지 못했다. 옳은 것을 언제나 흔들림 없이 지키는 것만으로 힘을 얻을 수 없는 게 한국 정치의 현실이었다.

지역주의 구도로 꽉 짜인 정치 독점 체제에서는, 일단 힘을 얻기 위해 소신에 맞지 않는 당이라도 입당 원서를 쓰고 공천을 따내기 위해 토호들과 타협할 줄 알고, 청탁도 들어줄 아량도 있어야 했다. 그래서 호남의 인재들은 오랫동안 민주당으로 몰려갔다. 아무리 특출한 인재라도, 아무리 곧은 사람이라도 일단 민주당에 들어가서 의원 배지를 달아야 뭐라도 해보는 게 아니겠느냐는, '맑은 물에는 고기가 못 산다더라'는 처세술을 뛰어넘는 사람이 극히 드물었다. 진보정당을 아끼는 상당수의 사람들도, 진보정당 후보는 찍어봐야 당선되지 않을 것이므로 무엇이든 조금이라도 바꾸려면 비록 시원치 않아도 민주당 후보를 밀어줘야 한다는 현실적 판단을 내려왔기에 이 처세술은 계속 힘을 발휘할 수 있었다.

하지만 그렇게 걸러진 사람들이 모인 민주당과 열린우리당이 집권하고 국회에서 다수 의석을 차지했지만, 한나라당에 밀리고 재벌에게 졌으며 관료들에게 포위되어 무너졌다. 옳은 일이지만 한나라당과 공존하려면 어쩔 수 없고, 옳은 일이지만 재벌이 위태로워지면 국가 경제가 불안해지므로 어쩔 수 없다는 말들이 수없이 떠돌았다.

노무현 정부 초기에 에스케이 최태원 회장이 거액의 비자금과 분식 회계 사건으로 수사를 받았다. 노무현 대통령과 가까운 법조계 인맥을 찾아 헤매던 재벌들이 내가 일하는 법무법인의 선배 변호사들을 찾아왔다. 당시까지 내가 아는 한 가장 개혁적인 법률가가 '정부 출범 초기부터 재벌에 대해 강도 높은 수사가 이뤄지면 경제가 위태로워져 정권이 흔들릴 수 있다'는 정부 측 입장을 대변하며 변호에 관여했다. 재벌 폐해를 극복하기 위해 재벌과 맞서온 사람들이 집권하자마자 정반대의 입장에 서는 기막힌 변화를 지켜보며 무척 놀랐다.

특권과 반칙이 없는 세상은, 옳은 것이 이길 수 있다는 확신이 없이는 불가능하다. 제 아무리 국민경제의 중심에 있는 인물이라도 책임져야 할 게 있으면 반드시 책임지는 사회가 되지 못한다면, 그 틈새로 특권과 반칙이 끈질기게 파고든다. 개인의 영달보다 모두를 위해 살아온 사람, 낮은 데로 몸을 낮춰 서민들을 받드는 사람이 탁류에 발을 담그지 않아도 책임 있는 위치에서 그 뜻을 펼칠 수 있어야 한다. 그렇게 기득권에 맞서 싸워도 희생되지 않고 존경받으며 사는 모습이 현실에서 확인되지 않는다면, 그 불확실성의 공간을 처세술이 점령한다.

통합진보당은 옳은 것이 이긴다는 확신을 줄 것이다. 옳은 것이 현실이 된다는 증거를 만들 것이다. 한국정치 사상 최초로, 옳은 길을 살아온 사람이 목숨을 던져야 했던 날들은 먼 과거로 남을 것이다.

왕도는 없습니다

얼굴을 맞대고 여기까지 대화를 나누다 보면 질문이 나오는 게 정상이다. 그러면 어떤 방법으로 한국 정치의 속설을 바꿀 수 있나. 과연 대안은 있는가. 대답하기 전에 먼저 숨을 고르고 심각한 표정을 지어야 한다.

"왕도는 없습니다."

중요한 문제일수록 뾰족한 방법을 못 찾아서가 아니라, 지극히 평범하고 누구나 생각할 수 있는 길을 성실히 걷지 못해 고질병이 된 경우가 많다. 정도를 가는 것이 근본 해결책이다. 그런데 이렇게 말하면 그걸 누가 모른다고 천편일률적으로 답하느냐고 반문할 사람도 있기 때문에 애써 심각하게 말을 꺼내야 한다.

한국 정치의 속설은 분단과 지역주의로 갈라질 대로 갈라지고 진보정당이 존재하는 것 이상의 의미를 찾기 어려웠던 정치의 현실 속에서 국민들에게 고정관념으로 받아들여졌다. 그 속설을 만들어내 자신의 이익을 취한 집단도 있지만, 결국 통합해야 한다는 자각과 절실함보다 눈앞의 차이에 더 몰두하는 진보 세력의 모습 때문에 많은 사람들이 그 속설에 현실의 증거를 더해 신랄한 냉소를 보냈다.

올바르게 살아온 사람들이 판판이 지고, 가뭄에 콩 나듯 성공하더라도 무참히 보복당하거나 쓸쓸히 뒷전으로 내몰리는 현실이 한숨을 더했다. 말로는 속설이 바뀌지 않는다. 현실을 바꿔야만 이 속설도 바꿀 수 있다. 진보의 힘을 키우지 못하면 현실은 단 1퍼센트도 바뀌지 않는다. 통합진보당이 스스로 힘을 키워야 한다.

통합진보당은 민주노동당과 국민참여당, 그리고 새진보통합연대가 모여 만든 정당이다. 따라서 당연히 이 셋이 각자 쌓아온 성과를 공동의 기반으로 한다. 또한 이 셋에게 모자랐던 내용을 채우는 것이 성공의 비결이다.

첫째, 진보는 분열로 망한다는 속설을 '진보는 통합하는 힘이 있다'는 긍정적 시각으로 바꾸기 위해서는 통합을 완성시키려는 지극한 마음이 필요하다. 통합진보당을 만들면서 또다시 갈라지지 않을 완전히 통합된 하나의 정당을 원했기에, 우리는 과도 기간의 필요성에 공감하고 2011년 12월부터 2012년 5월까지 육 개월을 과도 기간으로 정했다.

통합의 완성이란, 그 과도 기간 안에 통합된 정당을 이끌어가는 사람들이 마음의 벽을 뛰어넘어 2012년 6월에는 완전한 일치에 이르는 것을 말한다. 마음을 일치시킨다는 게 도대체 무엇인가. 객관적으로 측정할 수도 없고 증명하기도 마땅치 않은 이 모호한 표현은 무엇인가. 서로의 상황과 생각의 배경을 이해하고 어떤 상황에 대해 비슷한 판단을 할 수 있게 된다는 의미일 것이다.

그 과도 기간 동안에 서로의 이해가 부족하거나 판단이 다른 모습이 드러날 수도 있다. 그것이 갈등으로 비칠 수도 있다. 그러나 구성원들이 이를 서로의 차이를 드러내어 좁히는 과정으로 이해하고 있기에 통합의 완성까지 원만히 이뤄낼 것이라 믿는다. 또한 이 분위기가 지지자들에게까지 퍼져나가도록 해야 한다. 당의 방향에 동의하지만 직접 당에 들어오는 것은 망설였던 분들이 '이렇게 서로 이해하는 분위기라면 같이 해보고 싶어' 하는 마음이 들도록 말이다.

과연 서로 잘 지낼 수 있을까. 통합을 추진하는 사람들도 어색해하고 걱정하기도 했다. 밖에서 보는 분들도 그러했으리라. 통합 결정을 하고 나서 심지어 나조차도 '내가 뭘 한 거지?' 하는 두려움이 생겼다. 진보 진영이 단 한 번도 가지 않은 길을 가는 두려움이 모두에게 있었던 것이다. 그 떨림에 비하면, 아주 빨리 낯설음을 지우고 서로를 이해하기 시작한 셈이다. 단합해야 이길 수 있고, 더 많은 동료들이 모이고 새로운 친구들이 생겨야 이길 수 있다는 것을 고통스러운 체험으로 잘 알고 있기 때문이다.

그런데 이상하다. 사람의 마음을 알아보는 눈은 사람마다 다를 텐데, 마음의 상태는 거의 모든 사람들에게 비슷한 색감과 농도로 전달된다. 진심인지 아닌지 분별된다. 어느 순간에 판단할 수 있다. 통합진보당을 끌어가는 사람들 사이에 통합을 완성시키기 위해 자신의 마음을 더 열어놓겠다는 의지가 충만한 것은 분명하다. 보면 안다. 이 정도라면, 할 수 있다고 나는 생각한다.

둘째, 옳은 것은 이기지 못한다는 속설을 '옳은 것이 현실이 된다'는 상식으로 바꾸기 위해서는 통합진보당이 선명한 진짜 야당으로서 야권을 주도적으로 이끌어나가야 한다. 2012년은 야당에게 도전을 요구한다. 총선과 대선에서 민주주의와 경제적 평등, 통일로 나아가는 평화를 만들어낼 의지가 있는 모든 세력을 모아내는 리더십을 발휘해야 한다. 몰락을 면하기 위해 온갖 꼼수를 다

부릴 이명박 정부와 새누리당에 선명하게 맞서야 한다. 뒷거래나 어중간한 타협이 허용되지 않는다. 희생을 감수해야 할지도 모르지만, 그 때문에 잠시라도 주춤해서는 안 될 만큼 상황이 엄중하다.

오랫동안 진보정당은 소금이었다. 기성 정치권이 더 썩지 않도록 하는 역할에만 머물렀다. 하지만 소금의 역할만으로는 현실을 바꿀 수 없다. 국민들은 현실을 바꿔야 한다는 진보정당의 말에 동의하면서도 막상 진보정당에 현실을 변화시킬 만한 힘을 주지는 않았다. 진보정당이 어떤 변화든 만들어내는 것을 보여주지 못했고, 그럴 수 있을 만한 진용도 내보이지 못했기 때문이다.

통합의 한 주체인 민주노동당은 존재 자체로만 의미가 있는 진보 정치 세력의 한계를 뛰어넘어 현실을 바꾸는 힘이 되고자 오랫동안 노력했다. 2010년 6월 지방선거에서 울산 북구와 인천 남동구 및 동구의 구청장 당선, 2011년 4월 보궐선거에서 전남 순천의 김선동 국회의원 당선과 울산 동구 구청장 당선은 소금의 존재를 벗어나 밥상을 차리려고 나서는 민주노동당의 성장세와 준비 태세를 국민들에게 보여주었다. 2000년 창당 이후 십일 년 동안 돌밭에서 돌을 골라내고 맨몸으로 쟁기를 끌어 씨앗을 뿌리며 어렵게 성장한 민주노동당의 노력을 바탕으로 이제 통합진보당은 밥상을 차리려고 한다.

통합의 또 다른 주체인 국민참여당은 국민이 참여하고 당원이 주인인 정당으로, 상식이 통하는 세상을 만들기 위해 낡은 정당 구조와 지역주의에 대항해 생활인이 유쾌하게 참여하는 정당 문화를 만들려고 부단히 노력해왔다. 조직의 뒷받침이 있으면 자발적 참여의 분위기는 폭발적 참여를 이끌어낼 가능성을 더욱 크게 한다. 행복한 밥상, 맛있는 밥상을 이제 차릴 수 있겠다.

이명박 정부와 새누리당이 국가권력과 의회권력을 동시에 쥐고 저지른 부정과 비리를 2012년 총선 이후 대선 전까지 낱낱이 파헤치고 국민 앞에 밝혀야 한다. 거기에 누가 관련되어 있는지를 모두 밝혀내고 책임질 사람들이 책임지게 해야 국민들의 엄중한 심판 속에 대선을 치르고, 곧바로 진보적 개혁을 시작할 수 있다.

통합진보당이 야권을 주도하는 무거운 과제를 수행하는 데 의지할 수 있는 가장 든든한 버팀목은 국민들의 뜻과 행동, 그리고 참여다. 진보의 힘은 돈에서도 권력에서도 나오지 않는다. 진보의 힘은 오직 국민들로부터 나온다. 진보는 대중적이어야 하고, 대중의 뜻은 진보로 모아진다. 진보는 가장 진보적인 결정을 하기 위해 국민의 참여 권리를 보장하고 열린 공간을 만든다. 진보는 가장 힘있는 행동을 하기 위해 국민에게 통제권을 맡기고 힘을 발휘하도록 한다.

통합진보당이 해야 하는 가장 중요한 준비는 변화를 바라는 국민과 깊이 공감하는 것이다. 이명박 정부를 경험할수록 민심은 분노로 가득 채워진다. 2011년 11월, 한미 FTA 날치기 규탄 집회에서 경찰의 사실 왜곡을 곧바로 찾아내고, 물대포와 최루액을 맞으면 다음 날 더 많은 시민이 우비와 물안경을 준비해 모일 만큼 세상을 바꾸겠다는 국민들의 의지는 폭발적이었다. 이 분노와 의지를 국회에서 표출하고 힘으로 바꿔낼 절실한 공감이 가장 먼저 필요하다.

통합진보당은 말로만 외치거나 해보다가 어쩔 수 없다고 포기하거나 좋은 게 좋은 것이라고 쉽게 물러서지 않을 것이다. 한미 FTA가 효력을 갖는 한 경제 민주화 입법이 안 되고 서민 생활이 위협을 받는다고 주장했다면, 한미 FTA가 폐기되는 날까지 끈질기게 싸워야 한다. 조중동 종편이 탄생부터 위법이고 약탈적 광고와 보수적 이념 편향성으로 언론의 공정성과 다양성을 무너뜨렸다고 말했다면, 끈질기게 거부하고 재허가를 내주지 말아야 한다. 시민들의 힘에 의지해 타협이 아니라 승리를 만들어내야 한다. 이것이 통합진보당이 2012년에 국민들에게 보여줄 모습이다. 민주주의 확립과 양극화 해소, 평화통일을 이루자는 원칙에 동의하는 사람이라면 누구나, 야당의 누구와도 공조하고 연대할 것이다.

진보의 방향이 표준이 되고, 진보의 행동이 모두의 것이 되어야 한다. 그래야 옳은 것이 현실이 된다. 이제 우리는 그 과제를 실현시킬 길에 나섰다. 한번 나선 길을 중도에 포기하거나 벗어날 수는 없다. 한국 사회의 진보적 변화는 몇 년 만에 완성될 수 있는 일이 아니며, 수십 년을 두고 꾸준히 이어져 안정적으로 정착되어야 한다. 통합진보당은 그 전 과정을 책임질 것이다.

전태일과 노무현의 만남

뭐가 달라졌어요? 누가 새로 들어와요? 많은 사람들이 묻는다. 지금까지 정치권의 혁신이나 변화는 새로운 인물이 들어오는 일로 상징되었기 때문이다. 안철수 원장님을 모셔오면 어때요? 그럼 누구? 질문은 계속 이어진다.

유명한 누가 새로 정치권에 들어오면서 어느 정당을 선택했다고 하면, 그런 사람도 매력을 느낄 만큼 그 정당이 변했다고 증명하는 손쉬운 방법이 된다. 하지만 지금까지 몇몇 유명한 사람이 들어갔다고 해서 그 정당이 매력적으로 변한 일은 없었다. 몇 사람에게 방 한 칸을 내주는 게 뭐 어렵겠는가.

어려운 일은, 그 정당이 안에서부터 변화의 방향을 일관되게 밀고 나가는 것이다. 생존을 위해 몇몇 인물을 영입하는 수준을 뛰어 넘어 시대가 부여하는 의무를 다하기 위해 스스로를 성찰하고 아프게 벼려가는 것, 변화를 만들어내고 새로운 사람들과 벗이 되어 하나로 뭉치는 것이야말로 진정 어려운 일이다. 스스로 변화하려는 의지와, 함께 성장하려는 일치된 뜻이 없다면 그 누가 와도 조직을 변화시키고 폭을 넓힐 수 없다.

나는 무엇을 성찰했나. 통합진보당으로 오기까지 민주노동당은 무엇을 벼려냈나. 변화의 시작은 노무현 대통령 시절의 실패를 더 이상 되풀이해서는 안 된다는 자각이었다. 그 실패의 책임이 노무현 정부에만 있었던가. 세상을 바꾸겠다고 호기롭게 자처한 진보 진영의 실패이기도 하지 않았나. 이전의 어느 정부보다 노무현 정권에는 진보 세력과의 대화 가능성이 열려 있는 사람들이 분명히 있었는데, 그들이 옳은 판단을 내릴 수 있는 환경, 나아가 그들을 설득할 길을 만들 방법은 없었던가. 실패의 이유는 특별한 것이 아니다. 수구 보수는 결집했지만, 민주 진보 진영은 분열된 것이 가장 큰 이유다.

다시 실패하지 않으려면 어떻게 해야 할까. 강한 수구 보수 세력이 존재하고 이들에 대한 지지율이 30퍼센트 이상 고정되어 있는 한, 진보적 개혁을 바라는 사람들이 개별 사안마다 날카롭게 갈라져 대립해서는 무엇도 해보지 못하고 무너지고 말 것이다. 이는 정치를 직업으로 해온 사람들에게는 그저 정치적 자리를 얻느냐 잃느냐의 문제일 수 있다. 하지만 정치가 좌우하는 삶의 현장에 있는 사람들은 정치가 실패하면 희망을 잃고 살 길을 찾지 못하고 세상을 떠나기까지 한다.

내가 이기느냐 지느냐의 문제가 아니라, 내가 대변해야 할 사람들의 생사가 달린 문제다. 이들이 삶을 포기하지 않고 희망을 갖도록 하는 것이야말로, 지금 진보 정치가 부여받은 시대적 임무다. 실패하지 않을 방법, 힘을 모을 방법을 찾아야 한다. 그 실패에 나와 우리의 책임이 있음을 드러내는 것은, 실패를 통탄했던 사람들이 함께 성공의 방법을 의논하자는 적극적인 제안이다.

그 실패의 책임이 왜 우리에게도 있다고 하느냐, 우리보다 더 많은 책임을 지고 있던 사람들이 당시 우리를 낮춰 보고 비난했는데 어떻게 함께할 수 있느냐, 이렇게 내면의 고통을 토로하는 사람도 있다. 그러나 승리할 계획을 함께 만들 수 있다면, 그리하여 생사의 기로에 선 사람들이 '그래도 아직은 살 만한 세상'이라며 기대를 버리지 않고 삶을 택하게 된다면 더 힘써서 함께해야 한다. 실패를 되풀이하지 않기 위해, 실패의 책임을 함께 진다는 생각으로 통합진보당을 만들었다.

통합진보당은 '전태일과 노무현의 만남'이다. 한때 같은 곳에서 같은 눈길로 미래를 꿈꾸었던 사람들이 잠시 갈라졌지만, 이제는 같은 지향점을 위해 서로를 이해하고 맞춰가려고 한다. 자신의 몸을 태워 젊은이들의 가슴을 울린 전태일, 그 가슴에 용기를 불어넣은 초선의원 노무현. 그들이 함께 꿈꾼 나라를 통합진보당이 만들려고 한다. 전태일처럼 아직도 몸을 태워야 하는 사람들, 노무현처럼 피 끓는 심장으로 지난날의 전태일에게 진 빚을 갚겠다고 나선 사람들, 이들의 결합이 통합진보당이다.

또 다른 미래

언제 바다에 빠질지 모르는, 한 걸음 한 걸음이 조심스러운 곳을 걸어간다. 발밑의 파도가 어느 순간에 나를 덮치고, 일렁이는 대로 나를 끌고 가겠지. 파도에 휩쓸려도 떠올라 살아나리라 믿지만, 그렇지 못해도 피하지 않을 것이다. 나는 이미 걸음을 내디뎠다.

내가 살아가는 이유

2007년, 시어머니는 죽기 전 몇 달 동안 줄곧 잠만 잤다. 스물네 시간 내내 잤다. 침상을 지키는 길지 않은 시간 동안, 생명이란 무엇일까 생각했다. 생명生命에서 '命'은 목숨이라는 뜻이다. 그러나 한편으로 이 글자는 명령이라는 뜻이 있다.

살아야 한다는 명령, 나는 그 즈음부터 '生命'을 이렇게 풀이하기 시작했다. 살아야 한다는 명령은 가장 먼저, 살아가는 사람 그 자신에게 향한 것이다. 좌절하지 말 것, 견딜 것, 고통도 휴식도 달게 받을 것, 이것이 생명을 받은 사람의 임무다. 그때 어머니가 잠으로 보낸 시간은, 팔십 평생 견뎌야 했던 삶의 고단함을 떠나기 전에 잠으로라도 덜어내라는 하늘의 명령이 아닐까 생각했다. 생명의 모든 순간들은 그에게 가치 있는 것이고 필요한 순간들이며, 어느 한순간도 의미 없는 시간은 없으며 타인으로부터 존중받아 마땅하다는 생각을 그때 갖게 되었다.

스스로도 포기해서는 안 되는 생명을 주변 사람이나 국가의 뜻대로 뺏거나 중단시켜서는 결코 안 된다. 어떤 사람에 대해서든 생명의 가치를 재지 말아야 하고, 권력으로 사람의 생명을 좌우하지 말아야 한다. 하지만 이것이 생각의 표준이 된 것은 인류의 긴 역사 속에서 극히 최근의 일이다.

인류는 누구의 생명도 남겨둘 생각이 없었던 게 아닐까 싶을 만큼 참혹했던 제이차 세계대전을 고작 육십오 년 전에야 끝냈다. 유태인을 수용했던 다카우 수용소에서 의학 실험을 수행했던 프란츠 블라하 박사는, 체코슬로바키아 정부에 협조했다는 이유로 독일군에 붙잡혀 인체 실험의 대상이 되었다가 살기 위해 의사 신분을 밝히고 의학 실험에 나섰다. 그는 1946년 뉘른베르크 전범 재판에서 이렇게 진술했다.

"쓸 만한 가죽을 얻기 위해서는 건강하고 몸에 흠이 없는 수감자라야 했습니다. 좋은 피부를 가진 시체가 모자랄 때는 라셔가 이렇게 말하곤 했습니다. '알았어. 시체는 생길 거야.' 다음 날이면 젊은 사람들의 시체가 이십 구, 삼십 구씩 들어옵니다. 가죽이 상하지 않도록 목에 총을 쏘거나 머리를 때려죽인 시체들이었습니다."

1945년 9월 9일에 히로시마를 방문한 마르셀 주노는 원자폭탄 투하를 지켜본 한 일본인의 증언을 전한다.

"살아 있는 모든 것이 형언할 수 없는 고통 속에 숯 덩어리로 변해갔습니다."

한국전쟁의 참극이 끝난 지 고작 육십 년이 흘렀다. 시인 최영미는 용산 전쟁기념관 자료실에서 발견한 한 군인의 시 「백마고지」를 『내가 사랑하는 시』에 실었다. 한 사람의 생명이 내일 이어질지 끊어질지도, 그것이 누구에 의한 어떤 이유인지도 그 자신은 물론 누구도 알 수 없던 때였다. 「백마고지」는 그 처절한 불확정성에 놓인 젊음을 이렇게 묘사한다.

백마고지 잔인한 어머니, 그 품속에 말없이 누워
하늘의 별을 세는 땅 위의 별들을 본다.
우람한 원시의 생명과, 작은 들꽃의 향기와
새들의 노래 대신, 포탄의 잔해와
화약 냄새와 그 밑의 생명이
별이 되어 쉬고 있는, 그 산은 백마고지

다시는 생명을 잉태할 수 없는

다가서고 싶은 그리움도 민통선에 묶이는 산

395고지 백마산, 이름 없는 능선이

세계의 戰史에 떨친다

언제면 별들은 고향으로 돌아가고

산은 산으로 돌아오려나.

—김운기 대위(제9사단 제28연대 제6중대장), 「백마고지」

내가 지금 살아가는 것은 살아야 한다는 명령 때문이기도 하거니와, 이 나이가 되도록 살기까지 인류의 역사를 발전시킨 사람들, 그 가운데서도 한반도의 역사를 진보시킨 사람들 덕분이다. 내가 살아가는 이유는 바로 그 역사로부터 나온다.

생명을 받아 살아가는 한, 생명을 함부로 도둑맞지 않는 세상, 모든 생명들이 무엇을 하든 간에 존중받는 세상을 만드는 것이 생명으로서 존재하는 공통의 이유가 아닐까. 이런 세상을 만들기 위해 마음으로든 몸으로든 무엇인가 해야 하는 것이, 우리 모두가 태어나 살아가는 이상 짊어져야 할 최소한의 책임이 아닐까.

가끔 백팔배를 할 때마다, 절 한 번에 한 가지씩 기원한다. 하늘을 나는 새와, 땅 위를 살아가는 생명과, 땅속에 깃든 생명과, 물속에 흐르는 생명과, 이 땅에 살아가는 사람들을 위해 낮아질 수 있는 힘을 달라고 기원한다. 생명들이 존중받는 세상을 만들기 위해 내 능력 가운데 가장 좋은 것을 쓸 수 있기를, 내 능력을 더 키울 수 있기를 갈구한다.

내 삶의 가치들

내가 꼭 지키고자 애쓰는 삶의 가치들은 무엇인가?

우선, 나는 나와의 관계에서 자기 성찰이라는 가치를 추구한다. 정치를 하는 순간, 나는 사람들 사이의 수많은 이해관계와 입장 차이 속에서 움직여야 한다. 옳은 길을 찾아도 힘이 모자라면 어찌해 보지 못하고 말 한마디밖에는 할 수 없게 되고, 때로는 말조차 제대로 하지 못하는 상황이 벌어진다. 비판도 항의도 질책도 많이 듣는다. 누구에게 책임져야 하는 일을 하는 데 힘이 부족하고 능력이 모자라면 비판도 항의도 거부할 수 없다. 그저 고개를 숙이고 들어야 한다.

그런 질책이 불편하게 느껴지기 시작할 때, 화가 나려고 할 때

수첩을 펴고 내 마음을 적는다. 나 자신을 돌아본다. 내가 옳았다고 인정받고 싶은 열망, 할 만큼 했다는 억울함을 마음 한구석에 치워놓는 것이 먼저다. 내가 무엇이 부족했는지, 왜 이런 상황이 벌어졌는지 찬찬히 생각하면 남 탓으로 돌리거나 상황을 변명 삼을 일만은 아니라는 것을 깨닫는다. 비판에 직면해서도 마음이 흔들리지 않으면 득도의 경지에 오른 것이겠으나, 나는 아직 때마다 마음의 흔들림을 겪으며 이런 과정을 되풀이하고서야 비로소 가라앉는다.

다음으로, 나는 동료들과의 관계에서 솔직함과 믿음, 책임이라는 가치를 추구한다. 나는 십 년 가까이 혼자 일하는 시간이 다른 무엇보다 많은 변호사였다. 그때는 혼자 하는 일이라도 잘해내는 것이 중요하다고 생각했지만, 지금은 세상을 바꾸는 일은 아주 작은 것조차도 동료와 함께하지 않으면 안 된다는 것을 뼈저리게 깨닫고 있다. 혼자서는 세상을 바꿀 수 없기 때문이다. 세상을 바꾸기 위해 가장 중요한 것이 무엇인지 굳이 따지자면, 세상을 바꿀 재능이 많은 한 사람보다 함께 바꾸겠다는 마음이 가득한 열 사람이다.

정말 세상을 바꾸고 싶다면 함께 일할 동료를 찾는 것이 당연하다. 동료들 앞에서 솔직하지 않으면 어떤 것도 함께할 수 없다. 내 안에 분명하지 않은 무엇을 남겨 두는 것도 옳지 않다. 스스로 모호해서는 솔직해질 수도 없다. 동료들 앞에서는 할 수 있는 한 가장 뚜렷하고 분명해야 한다.

아울러 믿지 않으면 어려운 길을 함께 갈 수 없다. 믿어야 외롭지 않다. 믿어야 서로가 자라난다. 책임지는 선배와 함께 있다는 것은 정말 행복한 일이다. 그런 선배는 존재 자체로도 든든하다. 내가 그런 선배는 못 되어도, 적어도 책임을 동료에게 미루지는 말아야 한다. '책임은 내가 진다. 마음 놓고 일하라'고 말할 수 있는 선배가 되어야 한다.

마지막으로, 나는 사회와의 관계에서 인권과 평화의 가치를 추구한다. 이것은 일할 의욕과 책임감을 끊임없이 자극한다. 법률가로서 나는, 헌법을 인권과 평화의 텍스트로 해석하는 일이 가장 즐거웠다. 크지 않지만, 이런 예가 있다. 경찰서 유치장 안에 있는 화장실 칸막이가 고작 무릎 높이라 감시하는 경찰관은 물론, 다른 유치인들에게도 용변 보는 모습을 보여 수치심을 유발하는 인권 침해의 상황에 대해 헌법소원을 냈고, 그것이 받아들여졌다. 작지만 그처럼 소중한 승리가 가져다주는 행복감이 무척 컸다.

정치인으로서 나는, 우리 사회가 외면해왔던 인권 침해의 현실에 대해 새로운 공감대가 형성되고 우리 현실에서 설마 인정될 수 있겠느냐는 말을 듣던 인권 보호의 시도들이 무척 기쁘다. 막막하고 어렵기만 한 일들이 개선되는 것을 보며 보람을 느낀다. 외롭고 긴 외침의 끝에 당신이 옳다고 인정하며 외로운 사람의 손을 번쩍 들어주는 것을 볼 때, 그 해방감은 이루 말할 수 없다. 내가 한몫했다는 자부심이 남기는 짜릿한 기억 때문에 나는 일하고 또 일한다.

태생적 이타주의자

나는 이기주의자가 되지 않으려고 노력하지만, 그렇다고 타고난 이타주의자는 못 된다. 태생적 이타주의자라고 하면 몇 가지 징표가 필요한데, 먼저 어색해하거나 부끄러워하지 않고 타인에게 주저 없이 손을 내밀 수 있어야 한다.

둘째, '귀차니즘'과 거리가 멀어야 한다. 좀 더 전통적인 표현으로는 오지랖이 넓어야 한다. 옆집 아랫집 대소사를 모두 치마폭에 쓸어 담아 내 집일처럼 챙기는 사람들은 '귀찮다'는 단어를 한평생 쓰지 않을 것 같다. 셋째, 이타주의자의 최신판은 '날라리'다. 날라리란 최근에 사회적 의미를 확보한 단어로 홍대 청소 용역 노동자들과 함께한 '김여진과 날라리 외인부대', 반값 등록금 실현을 촉구하는 대학생들과 함께한 '날라리 선배부대'와 같이 타인과 함께 하되 놀면서 이를 설렁설렁 즐길 수 있어야 한다는 뜻이다.

나는 이 징표를 단 하나도 충족하지 못하는 사람이다. 첫째, 나는 아직도 잘 모르는 사람을 만나면 인사를 건넬까 말까 망설일 때가 있다. 어색해서 그렇다. 국회의원이며 당 대표까지 맡고 있으면서도 여전히 그렇다. 내면의 부끄러움을 타고났나 보다.

둘째, 나는 홀로 사색하고 책을 읽고 글을 써야 생기를 얻는 사람이다. 공동육아를 실천하고, 대안 학교를 만들고, 조합주택을 지어 삼십대 이후 늘 육아와 교육 공동체에 속해 있으면서도, 밤 12시가 넘어 이웃집 일을 챙기는 게 여전히 쉽지 않다. 나는 교육 공동체를 정말 제 몸처럼 헌신적으로 돌보는 놀라운 태생적 이타주의자들을 여러 명 만났다. 그런데 만날 때마다 그들이 경이롭고 존경스러웠으나, 한편으로 내가 그들처럼 하기는 불가능에 가깝다는 것을 알고 늘 좌절했다.

셋째, 내가 제일 못하는 일이 바로 '설렁설렁 노는 것', '즐기는 것'이다. 중고등학교 다닐 때부터 그랬고 대학에서도 놀아보려고 꽤 애를 썼지만, 결국 노는 것에 익숙해지는 데 실패했다. 당시 학생운동을 했던 사람이라면 누구나, 특히 여학생이라면 일부러라도 더 하곤 했던 담배 피우기도 익숙하지 않아 포기했다.

사법연수원에 들어가서도 폭탄주 한 잔 안 마시고 남들보다 긴 삼 년을 보냈으니, 이 정도면 선천적 불능에 가깝다. 사법연수원을 수료하고 변호사 업무를 시작한 첫해, 내가 들어간 법무법인에는 이석태, 김형태, 조용환 세 선배 변호사가 주축을 이루고 있었다. '엄숙주의자 삼인방'으로 불리던 그들의 조합이 나는 너무나 좋았다. 언제나 진지하고, 책은 책장에 두 겹으로 꽂히다 못해 누운 채로 쌓여가며, 점심을 먹으러 가도 인권 침해의 현실과 이를 돌파할 법 이론 이야기가 밥숟가락보다 더 바삐 오가는, 그 분위기가 좋았다. 그러니 노는 일로부터 더 멀어질 뿐 결코 가까워질 수 없었다.

다만, 나는 많은 사람들이 행복할 수 있는 길이 열려 있는데 나 혼자, 우리 가족만을 위해 사는 것은 부끄러운 일이라고 생각할 뿐이다. 내가 나서면 뭔가 말할 수 있고 말로든 지식으로든 물질로든 도울 수 있는데, 그냥 지나치기엔 미안한 마음이 있다. 뭔가 찜찜해서 가다가 다시 돌아설 때의 그 마음처럼. 그것이 나에게 있는 이타주의적 심성의 전부다. 태생적 이타주의자를 따라잡을 방법은 거의 없지만, 미안함을 안고 살다가 그것에 짓눌려 아무것도 하지 못하는 사람은 되지 않으려고 노력한다.

정의

2010년 12월 8일, 청와대와 당시 한나라당은 2011년 예산안을 강행 처리했다. 헌법 제54조 제2항은 "국회는 예산안을 회계연도 개시 30일 전까지 이를 의결하여야 한다"는 규정이다. '하여야 한다'라고 되어 있지만, 헌법이 끝끝내 수호하고자 하는 것은 민주주의의 가치이지 정기국회의 회기가 아니다.

그러나 한나라당 국회의원들은, 이 절차 규정을 목적 규범인양 뒤바꿔 타협은 고사하고 논의조차 거부한 채 강행 처리를 감행했다. 당시 김무성 한나라당 대표는 "나는 이것을 정의라고 생각한다"라고 했다. 이는 헌법의 가치를 판단할 지적 능력이 없다는 것을 스스로 자백한 것이다. '정의正義'라는 단어가 무지를 드러내는

데 쓰인 기이한 용례다.

우리가 더 이상 이 용례에 얽매일 필요는 없으리라. 평균적인 일반인의 상식으로 볼 때 정의란 무엇인지 고뇌하게 되는 순간은, 적어도 이와 같은 수준에서는 일어나지 않기 때문이다. 또한, 새누리당과 같은 세력이 정의를 폄하할 만한 힘을 가질 일은 앞으로 없게 될 것이기 때문이다.

그렇다면 정의란 무엇인가. 여러 규범들이 서로 미묘하게 충돌하고 이 규범을 지키려다가는 다른 규범을 어기게 되는 상황에서, 어떤 규범으로 내 행동을 규제할 것인가. 여러 규범들이 추구하는 가치 가운데 종국에는 무엇을 따를 것인가. 현존하는 규범을 지키려면 중요한 가치를 추구할 수 없게 되는 상황에서는 어떻게 할 것인가.

2002년 대통령 선거를 얼마 앞두고, 나는 동료 변호사 중 한 사람이 중요한 정치 현안에 대해 상당히 신빙성 있는 증언을 들었다는 것을 알게 되었다. 이를 공개할 경우 앞으로 어떤 의뢰인이 나를 믿고 일을 맡기겠나 하는 현실적 셈법과, 이 증언을 공개함으로써 생겨날 정치적 변화에 대한 열망이 심각하게 충돌했다. 아울러 직무상 알게 된 일을 외부에 발설해서는 안 된다는 변호사 윤리 규범을 일부나마 위반할 수 있다는 우려도 있었다.

다행히 노무현 후보가 이회창 후보를 누르고 당선되었지만, 만일 상황이 달리 귀결되었다면 작은 규범에 얽매이고 생활의 무게에 짓눌렸던 것을 크게 후회했을 것이다. '하늘이 무너져도 정의는 세워라'는 말을 법대 시절 내내 들었지만, 내 머리 위 하늘에 작은 먹구름이라도 비칠 때 정의를 세우는 것은 무척 어려웠다.

상식에 기초해 살아가는 대부분의 사람들은 옳은 것이 무엇인지 직감으로 안다. 나도 나쁜 일을 누가 어떻게 했는지 알고 있다면 이를 밝히는 것이 정의라고 알고 있었다. 그러나 고심했다. 변호사로서 말하지 말라는 규범과 시민으로서 감춰진 것을 밝히라는 규범 가운데 무엇을 지킬지 문제였다. 하지만 한참 뒤에 돌아보니, 결국은 내가 불이익을 감수하면서까지 옳은 것을 행할 수 있느냐의 문제였지 어떤 규범을 따르는 것이 정의인지 판단을 내릴 수 없었던 것은 아니다.

사람들이 정의란 무엇인지 알지 못해서 정의가 이기지 못했던 것은 아니다. 정의에 대한 판단이 그렇게도 어려워서 정의가 실현되지 못한 것도 아니다. 상황을 종합적으로 살펴보면, 옳은 것이 무엇인지는 드러난다. 그런데도 올바른 행동에 나서는 것을 망설이면서 고심이 시작된다. 규범의 충돌이 있다는 이유로 결단이 필요한 시점에 한발 물러나지만, 본질은 망설임이다.

정의를 구현하려면 누가 불이익을 겪으면서도 옳은 길을 가는 희생과 헌신이 필요하다. 그런 헌신이 있으면 비로소 그것을 지켜보는 사람들이 달라진다. 돈 잘 벌며 편하게 살 수 있는데도 그 길로 가지 않고 어렵고 힘든 길을 마다하지 않는 사람을 만나면 괜히 미안해진다. 동료로부터 배척당하고 자신의 미래가 사라지는 불이익까지 겪으면서도 사회 전체의 정의를 위해 발언하는 양심선언자들을 마주하면 괜히 숙연해진다. 옳은 것에 공감하고 옳은 사람을 지켜주고 싶어 하면서, 비로소 생활의 유혹과 무게를 견디는 사람들이 생겨난다.

정의로운 행동에 모두가 주저 없이 나설 수 있는 상황이라면, 정의가 그토록 가치 있는 것으로 여겨지지 않았을 것이다. 정의가 희생 없이도 얻을 수 있는 것이라면 정의로운 행동이 역사 속에서 그토록 귀하게 대우받지 않았을 것이다. 그 시대가 성취해야 하는 정의는, 언제나 누구에게 자신의 것을 내놓을 것을 요구한다. 그 순간에 내가 과거와 같은 망설임 없이 조금이라도 더 흔연히 내 것을 내놓을 수 있길 갈구한다.

자유

나는 추상도 원론도 즐기지 않는다. 논쟁을 가까이하지도 않는다. 나는 현실의 문제와 방법론에 더 관심이 많다. 자유에 대한 나의 생각은 이명박 정부 들어 가장 후퇴한 영역이 어디인가에 대한 성찰에서부터 시작한다. 자유가 오도되는 현실을 상기한다. 자유는 어떻게 깊어지고 퍼져나가는지, 나에게는 이것이 더 중요하다.

1987년 헌법, 표현의 자유

나는 1987년 헌법을 높이 평가한다. 1987년 체제의 한계가 드러났고 개선이 필요하다고 생각하는 사람도 있다. 그러나 헌법재판을 포함한 소송 실무에서 1987년 헌법을 활용해보니, 이만큼이라도 제대로 된다면 획기적인 변화가 일어날 것이라는 생각을 여러 차례 했다.

1987년 헌법이 보장한 가장 중요한 권리는 말할 자유, 모일 자유, 행동할 자유다. 표현의 자유에 속하는 것들이다. 자유의 제한은 헌법 37조 2항에서 규정하고 있는데, 국가 안전보장, 질서유지 또는 공공복리를 위하여 필요한 때에는 법률로서 기본권을 제한할 수 있다고 정해져 있다. 이 제한 사유가 지나치게 넓게 적용되는 경우가 흔히 발생하지만, 표현의 자유가 최대한 보장되어야 한다는 것은 분명한 헌법적 요구다.

이명박 정부 들어서 시간이 흐르면 흐를수록 숨이 막혔다. 남대문경찰서장을 비판하는 인터넷 글을 명예훼손이라며 고발하고, 인터넷 논객 '미네르바'를 공익을 해할 목적으로 허위의 통신을 한 자라고 하여 전기통신기본법 위반으로 구속 기소하고, 방송인 김제동 씨가 KBS에서 퇴출되고, 개그우먼 김미화 씨의 방송 프로그램 대본을 경찰이 직접 봐야겠다며 스튜디오까지 들어와 제출을 요구하는 일련의 사태들은 보면 볼수록 가슴이 답답했다.

사회적·정치적 문제에 대한 의견을 표명하는 시민의 권리가 고작 도로교통법에 따라 법치주의의 명목 아래 뒤로 밀려나는 상황을 경험하며 나는 큰 절망감을 느꼈다. 2009년 여름 쌍용자동차 앞에서 경찰이 우리에게 적용한 원칙은 '인도주의'였다. 무조건 인도로 올라가라. 무슨 이유든 도로에 있으면 도로교통법 위반이다.

법치주의란 도대체 무엇인가. 법으로 먹고 살아온 사람으로서 도저히 납득할 수 없는 이 상황은 무엇인가. 용산 사건과 관련한 검찰 수사의 잘못을 지적하는 기자회견을 열던 변호사가 미신고 집회를 열었다는 이유로 검찰청 앞에서 검찰의 수사 지휘 아래 현장에서 체포 구금되는 상황, 이것이 법치주의인가.

말도 못하게 하는 치졸함. 이것이 이명박 정부가 표현의 자유를 대하는 방식이라고 나는 잘라 말한다. 유엔 표현의 자유 특별보고관이 한국에 왔지만, 그마저도 국가정보원에 사찰당하는 현실에서 표현의 자유는 먼 나라 이야기일 뿐이었다.

자유의 오도

이명박 정부 들어서서 헌법상 기본권인 자유가 제대로 보장되지 않고 침해되는 한편, 오도되는 자유를 수없이 목격한다. 국가정보원이 박원순 변호사(현 서울시장)의 인터뷰에 대해 인격권을 침해당한 명예훼손이라며 손해배상청구소송을 제기한다. 직무 집행 중에 있는 경찰관이 초상권을 주장하며 시민의 사진 촬영을 통제한다. 자신에게 침해받지 않을 기본권이 있다는 것이다.

그러나 기본권의 개념은 본질적으로 국가의 권력적 작용에 대항하여 개인이 자신의 기본권으로서 대항할 수 있게 보장해야 한다는 구도에서 성립되어 발전했다. 국가는 개인에 대해 우월적 지위에 있고, 권위주의 국가에서 개인의 기본권이 국가의 정책 수행 과정에서 쉽게 무시되고 무너졌기 때문이다. 가해의 가능성이 있는 것은 국가이며, 피해자가 될 수 있는 것은 개인이다. 따라서 국가에 대한 대응 논리로 작동하는 것이 기본권의 개념이다.

그런데 권위주의로 돌아간 이명박 정부는 민주정부 이전에 횡행했던 고문과 협박과 사찰까지 동원하고, 그것도 모자라 기본권 보호의 논리까지 국가의 편으로 끌어들였다. 기본권을 보장하지 아니하고 권력을 남용하는 국가 또는 공무원이, 오히려 행위 전후의 비판 의견 개진이나 촬영을 핑계로 개인으로부터 기본권을 침해받았다며 소송을 제기한 것이다.

결국 국가나 또는 직무 집행 중인 공무원은 국민을 상대로 명예훼손을 주장할 수 없다는 것이 판결로서 확인되었다. 전기통신기본법 제47조 "공익을 해할 목적으로 전기통신설비에 의하여 공연히 허위의 통신을 한 자는 5년 이하의 징역 또는 5,000만 원 이하의 벌금에 처한다"는 규정은 헌법재판소에서 위헌 결정을 받았다.

이제 이명박 정부의 오도된 자유 개념이 제자리를 찾아갈 수 있을까. 자유권이 기본권으로 자리 잡게 된 역사적 배경과 그 가치의 의미를 되살리기 위한 것이었다고 위로해야 할까. 예기치 않게 소송과 수사에 시달려야 했던 시민 각자에게는 감당하기 어려운 아픔이었다. 헌법에 대한 기본적인 이해력을 갖춘 인물들이 정권을 담당했다면 생겨나지 않았을 고통이었다.

자유, 민주주의와 함께 자라나 일상으로 스며드는 것

자유의 깊이와 영역은 고정되어 있지 않다. 민주주의의 발전에 따라 깊어지고 넓어진다. 자유의 깊이는 치열한 싸움과 노력을 통해 확보된다. 아주 보편적이어서 헌법 규정으로부터 쉽게 유추할 수 있는 경우를 제외하고는 자유의 권리를 인정하지 않으려는 관성과 경향을 일일이 지적하고 고쳐야 한다. 강도 사건 피의자와 국가보안법 사건 피의자에 대한 접견교통권이 동일하게 인정되기 시작한 것은 1987년 헌법이 제정된 이후에도 여러 해의 공방과 소송을 거치고 난 뒤였다.

우리 사회에서 자유권이 상황과 조건에 관계없이 완전히 보장되는지의 여부는 국가보안법 폐지로 판가름 날 것이다. 표현의 자유보다 더 근본적인 자유는 사상의 자유, 양심의 자유다. 국가보안법은 표현의 자유뿐 아니라 사상의 자유를 제한하는 법률이다. 한국 사회에서 사상의 자유가 제한되는 이유는, 오직 북과 대결하고 있다는 것밖에 없다.

국가보안법상 이적표현물소지죄를 폐지하자는 논의가 있었다. 경미하다는 이유다. 그러나 자유권 측면에서 근본적으로 살펴보면, 처벌될 이유가 없기 때문에 폐지되어야 하는 것이지 경미하기 때문에 폐지되어야 하는 것은 아니다. 내면의 사상의 자유는 어떤 이유로도 제한할 수 없다는 것이 누구도 부정하지 못하는 헌법 해석의 기본이다.

타인에게 표현되지 않는 혼자만의 사상을 처벌할 아무런 근거가 없다. 이적표현물과 같은 내용의 생각을 한다고 하자. 그 생각은 처벌받지 않는다. 생각하는 것과 같은 내용의 표현물을 갖고 있다고 해보자. 다른 사람에게 보이지도 전파되지도 않고 나의 책장에 꽂혀 있는 표현물이 이 사회에 어떤 영향을 미친다는 것인가. 생각이 머릿속에 있으면 처벌받지 않는데, 똑같은 생각이 종이에 글자로 적혀 있다고 처벌받아야 하는가. 머릿속에 있거나 내 책장에 있거나 다른 사람이 일부러 들여다보려고 하지 않는 한, 내가 일부러 내보이지 않는 한 누구도 전파시킬 수 없는데도.

자유의 내용이 확장되는 양상은 때로 놀라움을 불러일으킨다. 세상에, 이런 일도 있었어. 이런 것까지 자유가 보장되어야 하는 거야? 이럴 만큼, 자유의 영역은 제한 없이 넓어질 수 있다. 새로운 인권 영역들이 늘 나타나기 때문이다. 자유는 정치의 영역에서 일상의 영역으로 확장된다. 없었던 것이 생겨나는 것이 아니라 가려져 있던 것이 드러나는 것이다. 동성애자, 양심적 병역거부자와 같이 아직까지 숨겨진 채 세상에 제대로 알려지지 않은 사람들의 인권 문제가 그것이다. 이 문제들이 드러나면 이들 인권을 옹호하고 지킬 수 있는 좀 더 정교하고 새로운 논리가 제기되고 승인된다.

자유의 영역을 확대시킬 수 있는 논리적 근거는 민주주의다. 대한민국의 주권은 국민에게 있고 대한민국의 모든 권력은 국민으로부터 나온다는 헌법 제1조 제2항의 국민주권 원리에 입각한 대한민국 헌법은, 민주주의를 기본 원리로 한다. 주권자인 국민이 자신의 자유권적 기본권의 침해를 막기 위해 대한민국에 대해 정책의 변경을 요구할 수 있는 권리는 국민주권의 원리에 기반해 도출된다. 자유의 확대는 민주주의가 튼튼히 뿌리내릴 때 가능하다.

헌법 제37조 제1항은 "국민의 자유와 권리는 헌법에 열거되지 아니한 이유로 경시되지 아니한다"고 정한다. 나는 헌법 규정 가운데 이 규정이 가장 큰 뜻을 가지고 있다고 생각한다. 열린 헌법을 만드는 가장 중요한 규정이기 때문이다.

자유, 잊히지 않는 기억

한번 맛본 자유의 기억은 잊히지 않는다. 1980년 광주의 봄, 5월의 봄은 1987년 6월 항쟁으로 이어졌다. 2008년 6월 10일 광화문 네거리에서 열린 6월 항쟁 기념 촛불집회에서 나는 백만 시민들과 함께 무척 황홀했다. 이십일 년 만에 후배 대학생의 가슴에 안겨 신촌에서 광화문까지 온 이한열 열사의 영정을 보면서 6월의 기억이 잊히지 않았구나 생각했다. 내 생애 언제 이런 날을 다시 보게 될까 싶어서, 아스팔트 위에 앉아 하염없이 시간을 붙잡아놓고 싶었다. 이제 또 언젠가 그 자유의 기억을 다시 떠올리게 되리라 믿는다.

평등

"와, 도대체 어떻게 하신 거예요?"

내가 대학입학 학력고사 수석 출신이라는 말이 퍼지면서 새삼스럽게 받는 질문이다. 요즘 같으면 못했죠. 작은 연립주택에 살며 아버지 두부공장의 낡은 철제 책상에서 혼자 공부했던 내가, 선행 학습과 사교육은 기본이고 초등학교부터 영어 유학 가는 요즘이었다면 아마 그런 성적을 올리지 못했을 것이다. 부모님의 교육열이 높았고 공부 좀 하는 딸은 살림 밑천이라며 여상에 보내던 시절에도 나를 마음 편히 공부시킬 정도는 되었지만, 학원비와 과외비, 유학비를 뒷받침할 재력은 없었기 때문이다. 학력고사 성적 발표 날, 취재 온 기자가 내 방을 들여다보다가 철제 책상에 놀란 표정이 아직도 기억난다.

대학에 면접시험을 보러간 날, 강의실은 온통 사투리로 소란스러웠다. 강남 출신은 드물었다. 지독하게 가난해서 몇 달 동안 수제비만 먹었다던 동기, 강원도 탄광촌과 울진 산골짜기 출신까지 다양한 학생들이 들어왔다. 장학금을 받으면 한 학기 등록금이 십칠만 원이었고, 못 받으면 사십사만 원이었다. 학교 공부와 병행하면서 아르바이트로 등록금을 마련하는 게 그리 어려운 시절은 아니었다.

물론 내가 기회를 부여받았다고 생각한 시절조차도 나보다 더 어려운 상황에 있었던 수많은 사람들에게는 당연히 기회의 시간이 아니었을 것이다. 더구나 시간이 지날수록 자신에게 기회가 생겼다고 생각할 수 있는 사람이 계속 줄어들고 있다. 그로부터 이십오년이 흐른 지금이라면, 나조차도 수혜자가 되지 못했을 것이다.

2009년 기준 전국 수험생의 1.87퍼센트가 서울대, 연대, 고대에 갔지만, 강남구 출신 학생 중에서 이 세 개 대학에 간 비율은 9퍼센트나 된다. 세 개 대학 신입생 중 13.1퍼센트가 서초, 강남, 송파구에 산다. 비싼 집에 사는 학생들이 명문대에도 많이 가는 셈이다. 돈 있는 집 아이들은 잘 생기고 착하고 인간관계도 좋고, 돈 없는 집 아이들은 왕따가 되거나 학교 폭력의 가해자가 된다는 한탄이 흘러나온다.

집안 형편이 어려운 젊은이들은 비싼 등록금 때문에 편의점에서 밤새 아르바이트 하느라 제대로 공부할 수 없다. 결국 성적은 나빠지고 낮은 성적 때문에 학자금 대출조차 받지 못한다. 방학 내내 일해도 등록금이 모자라 휴학을 밥 먹듯이 하다 보니 오륙 년이 되도록 대학 졸업이 어렵다. 겨우 졸업해도 인턴제 일자리밖에는 없고, 학자금 대출 이자와 원금 상환에 빚쟁이가 되고 만다. 양적 성장은 사회적 불평등을 확대시키면서 이루어졌고, IMF 외환 위기 이후 진행된 구조 조정은 양극화를 더욱 심화시켰다. 넉넉하지 않아도 노력하면 일어설 수 있는 사회는 점차 요원해지고 있다.

최근 십여 년간 더욱 심각해진 우리 사회의 불평등을 적나라하게 드러내는 객관적 수치를 어렵지 않게 찾을 수 있다. 오이시디 가 회원국 가운데 스물여섯 개 국가의 국민소득 수준을 아홉 개 구간으로 나누어 최상위인 9분위의 소득을 최하위인 1분위 소득으로 나눈 소득배율을 발표했는데, 한국은 1998년 3.83, 2008년 4.78로 급격히 높아졌다. 소득 불평등이 가장 심한 나라는 미국으로 같은 기간 4.51에서 4.89로 소득배율이 높아졌는데, 그다음으로 소득 불평등이 심화된 나라가 바로 한국이다. 한국의 절대빈곤율은 2006년 10.5퍼센트, 2007년 10.2퍼센트였는데, 2008년 10.4퍼센트, 2009년 11.1퍼센트로 상승했다. 기회의 문은 좁아지고 평등은 멀어졌다.

불평등의 맨살은 쳐다보는 것조차 불편해질 정도로 갈수록 악화된다. 2010년 봄이었다. 서울대학교 병원에서 간병인들과 점심을 먹었다. 남들에게 안 보이도록 밥차 뒤에 숨어 비닐에 담긴 반찬을 창턱에 놓고 밥을 먹는데, 자꾸 속에서 뭐가 치밀어 올라왔다.

이렇게 서서 일주일 내내 세 끼 밥을 먹어야 하나, 환자와 보호자들이 보기에 좋지 않다고 간병인들이 모여앉아 밥 먹는 테이블도 치워버리는 매정한 곳에서 무슨 낙으로 일하나, 일자리를 지키려면 자존심조차 다 버리라는 것인가 싶어서 밥 넘기기가 쉽지 않았다. 화장실에 쭈그리고 앉아 점심을 먹어야 하는 청소 용역 어머니들에 비하면, 어쩌면 서서 먹는 밥이 나은 편인지도 모르겠다. 이제 우리 사회의 불평등은 최소한의 인간 존엄에까지 상처를 주고 있다.

고용노동부 조사를 봐도 2010년 현재 정규직 가운데 유급휴가를 받는 비율은 93.7퍼센트지만 비정규직은 24.3퍼센트에 불과하다. 시간외 수당을 받는 정규직은 73.1퍼센트이지만, 비정규직은 16.3퍼센트뿐이다. 복리나 후생은 고사하고, 아예 노동법조차 신경 쓰지 않겠다는 생각으로 비정규직을 채용하지 않으면 나올 수 없는 통계다. 이 통계가 비정규직 노동자들의 삶으로 나타나면 밥상조차 치워지는 현실이 된다. 불편해? 자존심 상해? 그만둬. 당신 같은 사람 얼마든지 구할 수 있어.

평등이란, 내 인생에 어떤 기회가 단 한 번이라도 주어졌다고 생각할 수 있는 것, 평탄하거나 멋지지 않았어도 이런 인생도 괜찮았다고 생각할 수 있는 것이 아닐까. 이 세상에서 숨 쉬고 있는 것만으로도 인간으로서 존중받고 있다고 생각할 수 있어야 평등이다. 여기에서 자꾸 멀어지기만 했던 우리 사회의 추세를 이제는 돌려놓아야 한다.

추세를 돌릴 정공법은 평등한 사회를 희망하는 우리 편을 늘리는 것이다. 불평등 피라미드의 정점을 독점한 1퍼센트 재벌과 족벌 언론은 막강한 권력을 유지하면서 자신들의 부정과 비리를 감추고, 발각되더라도 경제발전을 위해 집행 유예되어야 마땅한 것인 양 치장한다. 그들은 비정규직의 울분을 재벌이 아니라 같은 일 하면서 돈 더 받는 정규직을 향해 터지도록 한다. 유리지갑의 중산층 분노는 불로소득을 올리는 부동산 부자가 아니라, 일부 극소수 부패 사범과 복지 정책으로 쏠리게 한다. 99퍼센트의 우리 편을 산산이 흩어놓음으로써 1퍼센트의 특권을 흔들림 없이 유지해왔다.

다행히도 최근 우리는 소셜네트워크서비스를 통해 족벌 언론을 극복할 말의 공간을 찾았고, 재벌에 맞서 행동할 수 있게 되었다. 사 년이 넘는 시간을 싸워 끝내 승리를 얻은 케이티엑스 여승무원 비정규직 노동자 곁에는 그들의 생계를 책임지고 처음부터 끝까지 함께한 정규직 철도노조가 있었다. 현대자동차 사내하청 비정규직 노동자들이 정규직 전환을 요구하며 싸울 때는 두 벌의 잠바를 입고 가서 한 벌을 벗어주고 오는 정규직 노동자들이 곁에 있었다. 한진중공업이 고액 배당 잔치를 벌이면서도 이삼십 년 근무한 정규직 노동자들을 정리 해고했을 때는, 이에 항의해 함께 싸운 비정규직 노동자와 청년 실업자들이 있었다.

평등을 염원하는 사람들이 빠른 속도로 모이고 있다. 보통선거제도 덕분에 재벌 총수도 한 표 서민도 한 표인 선거가 총선과 대선으로 이어지는 2012년은, 이 정공법으로 1퍼센트에 맞서 99퍼센트의 힘을 모아 세상을 바꾸는 해가 될 것이다.

인권

이렇게까지 될 줄은 몰랐다. 정권이 바뀌고 정책이 달라져도 인간으로서 마땅히 가지는 권리, 인권의 수준 자체는 유지될 줄 알았다. 힘겹게 만들어진 인권의 목록과 그 내용들이 한순간에 무너지지는 않을 것이라 여겼다. 그러나 현실에서 우리의 인권은 가장 빠르게 무너졌다.

대한민국은 국제사회로부터 대표적인 표현의 자유 침해 국가로 공인되었고, 김대중 정부의 성과이자 아시아를 넘어 세계에서도 높이 평가받았던 국가인권위원회는 빠르게 무력화되었다. 2010년 12월, 인권상 수상자로 선정된 한 고등학생조차 현병철 위원장은 상을 줄 자격이 없다며 수상을 거부할 정도로 국가인권위원회는 인권 수호 기관으로서 기능과 권위를 스스로 잃어버렸다.

국회에서는 형사피고인의 권리에 대한 근대 국가 형법의 자제력을 잃은 화학적 거세법과 디엔에이 정보 취득법 등이 초고속으로 통과되었다. 이명박 정부가 남길 뼈아픈 교훈은, 인권은 전진하지 못하면 후퇴한다는 것이다.

21세기 한국의 인권, 전진 없이는 후퇴일 뿐

'인권 보장의 전제는 국가안보'다. 양심에 따른 병역 거부자들을 형사 처벌하는 병역법 조항에 대해 합헌 판결을 내리면서 헌법재판소가 든 이유였다. 그러면서도 정부에 대체 수단 마련을 권고한 헌법재판소의 결정을 존중해 국방부가 2007년 대체복무제도 도입 방침을 밝혔지만, 이명박 정부는 언제 그랬느냐는 듯이 입장을 바꿔버렸다.

도시테러범, 도심 교통체증 유발자. 2009년 1월 20일 테러 진압 부대인 경찰특공대의 진압 작전 중 사망한 다섯 명의 용산 철거민들에게 정부가 붙인 이름이다. 이 진압 작전을 진두지휘한 김석기 전 서울경찰청장은 오사카 영사로 영전했다가 2012년 4월 총선에서 새누리당 후보 공천을 신청했다.

파업 참가자들에게는 물도 음식도 치료도 절대 안 된다. 2009년

7월과 8월, 쌍용자동차는 정리 해고에 반대해 공장 안에서 파업 중인 조합원들에게 물과 음식의 공급은 물론 의료진의 출입조차 막았다. 대기업은 아무도 넘을 수 없는 거대한 성벽이었다. 국가인권위원회의 긴급구제는 사측에 의해 철저히 무시당했고, 소방용수 공급 중단과 같은 현행법 위반 행위조차 서슴없이 계속되었다.

2010년 초겨울 여의도 한복판에서 세상을 떠난 한 오십대 아버지의 소원은 '장애인 아들이 기초생활수급자가 되는 것'이었다. 정부가 이미 숨이 목에 찬 그에게 노동으로 가족을 부양할 책임을 지우고 사회보장을 거절하는 한, 그가 아들을 위해 할 수 있는 것은 자신이 세상을 떠나는 것뿐이었다.

이것이 21세기 한국 사회의 인권 실상이다. 어떤 인권도 국가안보 앞에서는 물러서야 한다는 안보제일주의, 서민을 적으로 취급하는 권력기관의 인식, 자신의 성벽 안에서는 인권 침해가 전혀 문제 안 된다는 대기업의 오만, 가난해도 게으른 자는 돌볼 수 없다는 정부의 냉정한 기준 아래서 시민의 인권은 근본적으로 침해당해왔다. 특히 이명박 정부 들어 이는 더욱 노골화되었다.

인권의 후퇴는 인권을 진전시키려던 사람마저 스스로 위축되게 만든다. 2009년 쌍용자동차 노동조합 파업 현장에 대한 회사 측의 일방적 단전 단수와 경찰의 폭력 진압 때문에 평택 쌍용차 공장 정문 앞에서 천막 당사를 차리고 열흘 가까이 지낸 적이 있다. 사태가 긴박해지자 당시 민주당 의원들이 몇 사람 왔다. 전혀 관심이 없는 사람들에 비하면 고마운 일이고, 당시까지도 제일 야당 국회의원의 영향력과 무게가 남다르니 반가운 방문임에 틀림없었다. 그런데 그중에 한 의원이 내게 사태 해결을 위한 대화의 필요성을 강조하면서 조용히 말했다.

"노조가 무파업 선언을 하게 하면 어때요?"

깜짝 놀랐다. 단체행동권은 노동조합에게 합법적으로 부여된 헌법상의 기본권이고 무파업 선언으로 이 헌법상 권리를 미리 포기하게 하는 것이 오히려 위헌적인 행동인데, 그것까지도 가능하다고 생각하는 자기 검열과 위축이 안타까웠다.

인권은 앞으로 나아가지 못하면 곧 후퇴한다. 분단체제, 국가권력, 대기업의 힘, '복지병' 이데올로기는 한시도 멈추지 않고 언제든 인권을 후퇴시키려고 밀고 들어온다. 현실 세계에서 중립은 없다. 전진 아니면 후퇴만 있는 인권의 영역에서는 특히 그렇다. 중립은 인권의 후퇴를 방관하거나 방조하는 것을 의미할 뿐이다. 인권법학자 샌드라 프레드먼은 "국가가 도덕적·윤리적 지향에서 중립적이라고 말하는 것은 아무런 의미가 없다. 국가는 민주주의와 인권의 가치를 지향한다는 점을 분명히 함으로써 시민들에게 일정한 가치를 제시해야 한다"고 말한다.

국가가 한발 물러서야 할 때

헌법 37조 3항의 "어떤 기본권도 이 헌법에 명시되지 아니하였다는 이유로 경시되지 아니한다"는 조항은 헌법에 쓰여 있지 않다고 해서 어떤 기본권도 무시하지 말라는 명령이며, 어느 누구의 인권도 무시되어서는 안 된다는 선포다. 이것이 1987년 헌법을 미래로 확장시킨다. 인권을 지키기 위해 국가가 해야 할 첫 번째는 한발 물러서는 것이다. "단 한 사람의 피해자라도 있다면 국가가 양보할 수 있는 선을 찾아 물러나라"는 것이 인권의 기초 개념이다. 한 사람의 인권 무게는 국가와 비교해도 결코 가볍지 않다는 판단이 인권을 발전시켜왔다.

그러나 이명박 정부는 이 기초 개념조차 이해하지 못했다. 이명박 정부가 이런 표현을 쓰는 것을 딱 한 번 보긴 했다. 2008년 말 종합부동산세를 뼈대만 남긴 채 허물어뜨릴 때, 청와대는 이렇게 말했다. "종부세로 인해 단 한 사람의 피해자라도 있다면, 국가가 양보해야 한다." 이명박 정부 치하에서 인권의 기초 개념은 이렇게 철저히 폄하되었고, 그들은 1퍼센트의 가진 자들 앞에서만 백보 물러섰다.

국가가 나서야 할 때

그게 최선이야? 확실해? 어떤 드라마의 까칠한 상사는 하급자에게 송곳처럼 이런 질문을 찔러 넣지만, 본래 이 질문은 '인권' 주제에서 국가에 제기되어야 마땅하다. 국가의 의무는 한발 물러서는 소극적인 수준에 국한되지 않기 때문이다.

현재의 상황에서 최대의 노력을 다할 것, 상황을 개선시킬 방법을 시민의 참여로 만들어낼 것, 그리하여 모든 사람이 인권을 실현할 수 있는 조건과 상황을 만드는 것도 국가의 의무다. 이 의무는 국가만이 개인의 인권을 완전하게 향유할 조건을 만들어낼 능력이 있기 때문에 당연히 국가에게 부과된다. 국가가 그 능력을 감추고 불감증의 변명 뒤로 숨지 못하도록.

이명박 정부가 아주 조금이라도 나선 때는 모두 똑같다. 정권이 여론의 공격에 노출되어 위기에 몰릴 때뿐이다. 최근에 연이어 발표된 복지 확대 정책이 대표적이다. 당초 공약과 달리 보육료는 어린이집 유무, 연령에 따라 불균등하게 찔끔 지원된다. 턱없이 모자란 근로장려금도 그나마 미혼의 노동자는 여전히 받을 수 없다. 강행 처리된 2011년 예산에서 복지 예산 증가율은 6.2퍼센트로 경상 지디피 성장률 7.6퍼센보다도 낮아 사실상 감소했다.

이명박 정부의 복지정책은 획기적이지도 않고 일관된 방향에서 안정적으로 시행되지도 않는, 소규모의 시혜적 정책이 전부다. 더구나 그 복지 예산마저 날치기로 처리하고 국회의 문까지 닫아버리는 데서는 시민의 참여를 통해 상황을 개선시키고자 하는 노력은 전혀 찾아볼 수 없다.

이명박 정부는 2011년 복지 예산 증가액 5.1조 원을 두고 '역대 최대의 복지 지출'이라 자평하면서 지디피 성장률보다 낮은 수준에서 복지 지출 증가율을 억제하겠다는 계획을 내놓았다. 그러나 이 금액에서 연금과 주택 증가분을 빼면 1조 4,879억 원이 남고, 여기에서 법정 의무지출 증가분 6,848억 원을 다시 빼면 8,049억 원만 실제로 늘어난 금액이다. 지디피 대비 사회복지 지출 비중이 점점 낮아지고 있다. 국가의 복지 확대 노력 의무를 위반한 정녕 위대한 거짓말이었다.

인권과 자유, 그리고 평등

전진하지 않으면 현상 유지도 할 수 없다. 중립도 없다. 이것이 이 시대의 인권 상황에서 내가 얻은 교훈이다. 인권은 끊임없이 전진해야 하며 그 권리를 침해받는 편의 자유를 신장시키는 것이다. 모든 사람이 그러한 자유를 향유할 수 있는 실질적인 위치에 있지 않으면 인권 보장은 껍데기에 불과하다.

그리하여 인권은 평등의 가치와 함께 전진한다. 물러섬과 나섬, 인권 신장을 위해 자신이 해야 할 일을 외면하거나 주저하지 않는 국가, 이것이 우리가 만들어야 할 국가다.

평화

처음 육로로 금강산 가던 날이 잊히지 않는다. 금강산 관광 뉴스는 익히 들었지만 직접 군사분계선을 넘으니 마음에 물결이 쳤다. 10월 중순, 설악산 단풍은 끊어짐 없이 금강산으로 이어졌다. 북녘 동포들의 말도 다 알아듣겠더라. 산천도 하나, 핏줄도 하나, 다르지 않았다. 2002년 남북 여성 교류 행사에서 처음 만난 사십대 북녘 동포 여성은 작별 인사를 하며 내게 "앓지 마시라"고 했는데, 한 번도 들어본 적 없는 북녘의 표현이 묘한 여운을 남겼다.

연평도 폭격으로 희생당한 분들의 빈소와 장례식장에서는 무척 고통스러웠다. 언제 한번 보란 듯이 살아보지도 못했을 육십대 일용노동자의 가족들, 특별한 배경 없이 평범하게 살면서 스무 살 아들을 연평도까지 보냈는데 죽은 아들 다리도 못 찾았다고 울먹이는 아버지, 분단과 대결의 희생자는 이런 사람들이었다.

소박하고 정직하게 사는 사람들이 남북의 정치적 격돌 속에 죽어간다. 남북이 서로 왕래하고 대화하던 때였다면, 또 2007년 10·4 남북공동선언에서 약속한 대로 서해가 평화의 바다가 되었다면 이런 희생은 없었을 것이다. 하지만 어이없게도 남북이 그 화해의 훈풍을 모두 경험한 뒤인 지금, 우리는 육십 년 전 한국전쟁의 고통을 여전히 되풀이하고 있다.

이 고통을 다시는 되풀이하지 않기를 바라며, 대화와 협력을 위해 폭넓게 남북관계를 열자고 말하면 '평화를 원하거든 전쟁을 준비하라'는 말이 되돌아온다. 그러나 단순히 남북의 군사력만 대결하는 데 머물지 않고 미국과 중국의 대립 구도에서 대규모 군사적 대결로 이어질 가능성이 늘 상존하는 곳이 한반도다.

미국의 핵우산, 북한을 점령하고 군정을 실시하는 것까지 예정한 작전계획 5026부터 5030까지 완비된 한미군사동맹 체제, 한반도 전역을 포괄하는 주한미군의 정보로 운용되는 시포아이C4I 시설 등 무력 충돌에 대비한 완전무장 상태가 수십 년 전부터 계속되고 있다. 지금 대한민국의 포탄 수가 모자라거나 미국의 핵우산이 불충분해서 대화 국면으로 전환되지 않는 것은 아니다.

전쟁을 준비하는 것이 가장 빠른 평화의 길이라는 주장이 옳다면, 왜 수많은 전쟁을 치른 분쟁 지역에서는 평화가 바로 오지 않았을까. 전쟁이 끊이지 않은 인류 역사에서 평화는 아직도 요원한 것으로 남아 있다. 한반도에서 평화의 기운이 감돈 것은 6·15 남북공동선언으로 금강산 관광길과 개성 공단이 열리고, 10·4 남북공동선언으로 서해평화특별협력지대의 구상이 합의된 짧은 몇 년간뿐이었다.

그 이전과 이후에 비해 그 시기의 포탄 수가 줄어들지 않았다. 한반도 유사시 미국의 병력 투입 규모가 축소된 것도 아니었다. 오직 평화의 염원으로 서로를 이해하고 대화하며 마주앉았다는 사실만이 그 이전, 그 이후와 다른 점이다. 평화를 만드는 힘은 전쟁에서 이기는 힘과 다르다. 평화의 길은 전쟁이 아닌 평화의 방법으로만 열 수 있다. 전쟁의 길은 순간적인 분노로 언제든 쉽게 열리지만, 그 분노를 넘어 고통을 이기려는 엄청난 노력 없이 평화의 힘은 커지지 못한다.

벌써 이십여 년 넘게 1990년대 초반부터 밀고 당기고 풀고 엉키기를 되풀이하는 한반도 정세처럼 평화의 길은 참으로 멀기만 하다. 1994년 남북정상회담이 무산되자 영변 핵시설에 대한 정밀 타격 위기가 찾아왔다. 2005년에 9·19 공동성명으로 6자 회담 참가

국들이 '말 대 말, 행동 대 행동'의 원칙에 합의해 핵 폐기로 나아갈 공동 행동의 계획이 마련되고 이행 단계에 들어설 만큼 민주정부 십 년 동안 어렵게 신뢰관계를 만들었지만, 이명박 정부는 이 모든 것을 완전히 무너트렸다.

남북대화는 한국에서 의욕적으로 추진할 때는 미국이 뒷짐을 지고, 한미 양국이 모두 개선을 시도하면 양쪽 정상이 모두 임기 말이라서 더 이상 진전되지 않거나 오래 이어가지 못했다. 또한 최근에는 북한이 보낸 고 김대중 대통령 조문단을 남측이 적극적인 대화의 계기로 살리지 못한 경우도 있다.

이명박 정부는 국격을 높이겠다면서 G20정상회의와 핵안보정상회의 유치를 주요 국정 과제와 외교 전략으로 내세우기도 했다. 그러나 세계인이 한반도를 향해 큰 박수를 보낼 때는 오직 하나다. 남북관계가 평화와 통일의 길로 전진할 때다. 2000년 남북정상회담을 지켜보던 외신기자단의 환호성과 올림픽에서 남북단일팀이 받은 큰 박수는 국제사회의 기대와 우리의 노력이 일치할 때 나오는 폭발적 반응이다.

빠른 시간 안에 남과 북이 국제사회의 기대에 부응할 수 있어야 한다. 2007년 10·4 남북공동선언으로 구체적인 계획은 이미 다 세워져 있고, 합의도 이루어져 있다. 이 합의를 이행할 의사가 없는 이명박 정부의 등장으로 이행이 지체되었을 뿐이다. 다시 수립될 민주정부는 이 합의 이행을 천명하고 즉시 실행에 들어가야 한다. 남과 북이 결코 떨어질 수 없는 관계가 되도록 하는 것이야말로 평화를 강제하는 조건이 될 것이다. 그 협력 구조 안에서 살아가는 많은 사람들은 각자가 평화를 만드는 세력이 될 것이다.

2007년 10월, 국제 신용평가 회사인 스탠더드앤드푸어스는 "남북 간 화해 협력 분위기와 6자 회담의 진전은 전쟁이나 북한의 급속한 붕괴 우려를 줄였다"면서 지정학적 리스크로 인한 잠재적 재정 부담이 줄어들었다고 평가했다. 이에 반해 2010년 12월 9일에 스탠더드앤드푸어스는 "한반도의 무력 충돌 위험에 대한 국민들의 증폭된 우려가 한국 경제와 금융 시스템의 일시적인 불안정을 유발시켰다"면서 "한국은 위기 상황이 발생할 경우 은행 시스템이 상당한 부담을 져야 할 가능성에 직면해 있고, 북한 정권이 몰락할 경우 불확실하지만 막대한 규모의 통일 비용도 부담해야 한다"고 했다. 일개 국제 신용평가 회사의 평가가 전부는 아니지만, 한반도가 전쟁의 길로 가느냐 아니면 평화의 길로 가느냐에 따라 경제의 안정성도 크게 달라질 것이라는 점에는 이견이 없다. 한반도에 평화가 올 때 경제의 안정성도 높아진다.

한반도에서 평화는 통일과 함께할 때만 정착될 수 있다. 남북이 분단된 상황에서는 구심력보다는 원심력이 크게 작동한다. 구심력을 키우는 것은 오랜 시간의 노력이 있어야 가능하지만, 원심력을 극대화하는 것은 보수 언론의 기사 한 줄이면 순식간에 이루어진다. 통일 없이 평화는 없다. 통일로 가고자 할 때 비로소 총을 내려놓을 수 있다. 통일은 불가능하지 않으며 먼 미래의 일도 아니다. 한반도에서 완전한 평화는 통일 없이 이루어지지 않는다. 그 평화의 결과는 남북 공동 번영과 복지 확대로 나타날 것이다.

지금, 어디로

한국 사회가 가야 할 방향은 이미 시민의 갈망 속에 그 윤곽을 드러냈다. 시민이 권력에 참여하고 통제하는 민주주의, 양극화 해소의 방향으로 나아가는 경제구조, 다시는 후퇴하지 않을 평화와 화해의 남북관계를 우리는 바란다. 시민의 눈높이에서 이것은 '노동존중 평화복지국가'로 나타날 것이다.

나는 대한민국의 발전 모델을 다른 나라에서 찾지 않는다. 서유럽이든 북유럽이든 또는 노동자 대통령 룰라를 배출한 브라질도 각기 자신의 조건에서 정의를 실현한 것이고, 우리의 길은 그들이 간 길과 같을 수 없기 때문이다. 하지만 신동엽 시인이 노래한 이 중립국을 향한 그리움에서는 나도 벗어나지 못한다.

스칸디나비아라든가 뭐라구 하는 고장에서는 아름다운 석양 대통령이라고 하는 직업을 가진 아저씨가 꽃 리본 단 딸아이의 손 이끌고 백화점 거리 칫솔 사러 나오신단다. 탄광 퇴근하는 鑛夫들의 작업복 뒷주머니마다엔 기름 묻은 책 하이덱거 럿셀 헤밍웨이 莊子 휴가여행 떠나는 국무총리 서울역 삼등대합실 매표구 앞을 뙤약볕 흡쓰며 줄지어 서 있을 때 그걸 본 서울역장 기쁘시겠소라는 인사 한마디 남길 뿐 평화스러이 자기 사무실문 열고 들어가더란다. 남해에서 북강까지 넘실대는 물결 동해에서 서해까지 팔랑대는 꽃밭 땅에서 하늘로 치솟는 무지개빛 분수 이름은 잊었지만 뭐라군가 불리우는 그 중립국에선 하나에서 백까지가 다 대학 나온 농민들 추럭을 두 대씩이나 가지고 대리석 별장에서 산다지만 대통령 이름은 잘 몰라도 새 이름 꽃 이름 지휘자 이름 극작가 이름은 훤하더란다 애당초 어느 쪽 패거리에도 총 쏘는 야만엔 가담치 않기로 작정한 그 知性 그래서 어린이들은 사람 죽이는 시늉을 아니하고도 아름다운 놀이 꽃동산처럼 풍요로운 나라, 억만금을 준대도 싫었다 자기네 포도밭은 사람 상처 내는 미사일기지도 땡크기지도 들어올 수 없소 끝끝내 사나이나라 배짱 지킨 국민들, 반도의 달밤 무너진 성터가의 입맞춤이며 푸짐한 타작소리 춤 思索뿐 하늘로 가는 길가엔 황토빛 노을 물든 석양 大統領이라고 하는 직함을 가진 신사가

자전거 꽁무니에 막걸리병을 싣고 삼십리 시골길 시인의 집을 놀러

가더란다.

—신동엽, 「散文詩 I」

민주주의

법정에 대한 일반의 대표적 오해. 한국 법정에서도 미국 법정 드라마처럼 변호사가 자유자재로 오가며 증인을 공략하고, 현란한 말솜씨와 우아한 몸짓으로 판사의 이목을 집중시키는 줄 안다. 한국 법정에서 변호사는 조용히 일어섰다 앉았다 할 뿐인데.

국회에 대한 일반의 대표적 오해. 국회의원은 김대중 전 대통령처럼 몇 시간이고 멋있게 반대 토론을 하면서 필리버스터(합법적 의사 진행 방해)로 여당의 강행 처리를 막을 수 있는 줄 안다.

나는 2009년 4월 한국정책금융공사법에 대한 반대 토론을 신청했지만 토론 기회를 보장받지 못했고, 결국 헌법재판소로부터 국회의원으로서 내가 토론 권한을 침해당했다는 결정을 받았다.

2011년 4월 한-EU FTA 비준동의안 반대 토론 시에는 당시 한나라당 의원들로부터 심한 야유와 조롱을 받았고, 내가 십오 분을 발언한 뒤로 한나라당은 토론 종결을 의결해 다른 민주노동당 의원들의 토론을 봉쇄했다. 더 이상 들을 필요도 없고 듣기도 싫다는 것이었다. 2011년 12월에는 소득세법 반대 토론을 허가받았으나 한나라당이 내 토론 직전에 토론 종결을 의결해 오 분의 반대 토론조차 하지 못했다.

"민주주의는 다수결이야, 니들이 왜 민주주의를 방해해."

토론조차 종종 제한된 18대 국회에서 내가 가장 많이 들은 말이다. 미디어법, 4대강 예산, 노동조합법, 아프가니스탄 파병동의안, 한미 FTA 비준동의안 등이 통과될 때, 그 어느 한순간도 한나라당 의원들로부터 이 말을 듣지 않은 적이 없다. 1987년 대통령 직선제를 쟁취한 뒤로 한국 사회의 민주주의는 느리게나마 전진해왔다. 그러나 이명박 대통령은 여당의 절대 다수 국회의석만을 믿고 무엇이든 밀어붙였다. 그 결과 민주주의는 더 이상 규범적 가치가 아닌 단순 계산 규칙으로 전락했다.

이를 국회 의안 처리의 제도적 문제로 돌릴 일이 아니다. 김대중 노무현 정부 시절과 지금 국회의 의안 처리 제도 중 무엇이 달라졌는가. 핵심에서 바뀐 제도는 아무것도 없다. 대통령 한 사람이 바뀌고 집권 여당이 국회 과반수를 차지하면서 제도의 운영자들이 완전히 뒤바뀌어버렸기 때문에 문제가 발생한 것이다.

제도의 문제가 아니라 제도를 운영하는 사람이 문제다. 필리버스터 제도 하나 만든다고 해결되는 문제가 아니다. 이명박 대통령이 있는 한, 또한 그를 배태한 새누리당이 또 다시 집권 세력이 되는 한 대의민주주의는 실패의 운명을 피할 수 없다. 이명박 대통령과 새누리당을 철저히 심판해 다시는 수구 보수 세력이 집권하지 않도록 해야만 민주주의의 회생을 바랄 수 있다.

수구 보수 세력에게 더 이상 집권 기회를 주지 않는 것이 민주주의를 안정되게 발전시켜 나가기 위한 첫 번째 핵심적 요소다. 여기에 민주주의를 떠받치고 나아갈 수 있는 정당의 힘, 민의를 반영할 수 있는 선거제도의 개혁, 직접민주주의의 확대 등이 있어야 민주주의는 발전할 수 있다.

두 번째, 민주주의를 다수의 독점이 아닌 '민주주의 제도로서' 운영할 의지와 능력이 있는 정당이 힘을 가져야 한다. 그럴 의지와 능력이 있는지 판단할 잣대는 당원을 당의 주권자로 대하는가, 당원의 참여와 통제로 당을 운영하는가다. 국회에 진출한 정당 중 통합진보당을 제외한 어느 정당도 당원을 주권자로 여기고 거기에 맞는 지위를 부여하지 않는다. 그들에게 당원은 당세를 대외적으로 과시하기 위한 숫자이며 돈 봉투로 당내 선거에 동원할 대상일 뿐이다.

그러나 통합진보당의 당원은 당의 모든 선출직 당직자와 공직 후보를 뽑고, 당의 활동 전반에 참여해 의견을 내며, 당원 투표는 물론 당직 공직자를 소환할 권능을 가지며, 당비로 당의 재정을 밑받침하는 당의 뼈대다. 당내 선거도 돈 봉투 없이는 할 수 없던 정당들이, 과거의 행적도 부끄러운 터에 이 문제가 불거지자 2012년 1월 임시국회에서 앞으로는 국민 세금으로 돈 봉투를 뿌리겠다며 여비 지원을 합법화하는 정당법 개정에 합의했다. 이런 정당들이 한국의 민주주의를 투명하고 깨끗하게 발전시킬 수 있다고 나서는 것은 언어도단이다.

세 번째, 정당 지지율이 의석수로 연결될 수 있도록 선거 제도의 개혁이 이루어져야 민주주의의 안정적 발전이 가능하다. 2008년 18대 총선에서 한나라당은 30퍼센트의 정당 지지율을 기록했지만 국회의원 의석수는 153석으로 51.2퍼센트나 되었다. 2004년 17대 총선에서 민주노동당은 13퍼센트의 지지율을 얻었지만 국회의석은 고작 열 석으로 전체의 3.34퍼센트에 지나지 않았다.

거대 정당에게는 긴 창과 무쇠 갑옷을 주고, 진보정당에게는 연필과 종이 방패만 준 것이다. 불공정의 극치다. 거대 정당들은 이를 당연시하고 과도한 독점적 권력을 행사해왔다. 소선거구제가 지역 독점과 결합되어 만들어낸 이 문제를 그대로 두고서는 새누리당과 민주통합당이 만들어온 오래된 정치 구조를 바꾸기 어렵다.

2012년 총선에서는 민주통합당과 통합진보당이 소선거구제 하에서 연대해 야권연대와 시민의 열기로 지역 독점을 무너뜨리고 새누리당의 재집권을 막아야 하지만, 그 이후에는 정당 지지율을 의석수로 연결시키는 독일식 정당명부 비례대표제가 도입되어야만 공정한 규칙에 따른 공정한 경쟁이 가능하다.

네 번째는 대의민주주의의 한계를 '참여와 통제'가 가능하도록 직접민주주의를 확대하여 보완하지 않으면 안 된다. 이것이 내가 추구하는 민주주의의 핵심이기도 하다. 2012년 이후 수립될 민주정부는, 시민의 참여로 활력을 찾고 민주정부를 유지시킬 강력한 힘을 얻을 것이다. 또한 권력을 시민의 통제 아래 놓을 것이다. 국민 다수의 지지에 근거해 권력을 행사하며 이명박 정부 아래에서 무너진 민주주의를 되살리고 진보적 정책을 추진할 것이다. 보수세력이 고집스레 개혁과 진보를 거부할 때 이를 돌려세우고 민주정부를 지켜내는 힘은 시민의 참여와 통제로부터 나온다.

경제 개혁

먼저, 벗어나야 한다. 재벌과 경제관료, 그리고 보수 언론이 수십 년 동안 만들어놓은 경제성장이라는 신화에서 우리 스스로 완전히 해방되어야 한다. 그래야 새 판을 짤 수 있다. 이제 목표를 바꿀 때가 되었다.

국민소득 삼만 달러와 성장률 7퍼센트 달성을 목표로 이명박을 대통령으로 당선시키면서까지 앞만 보고 달려온 지금, 우리에게는 무엇이 남았나. 성장률은 수출 대기업에 의해 올라가고, 국민소득은 고소득층에 쌓인 부를 통해 높아진다. 이것이 더 이상 목표가 되어서는 안 된다. 이들이 만든 고정관념은 우리 국민들이 노무현 대통령을 경험하고서도 이명박 대통령을 선택하게 했다. 이 고정관념이 강력하게 작동하는 한 제이, 제삼의 이명박 대통령이 언제 또다시 등장할지 모른다.

우리의 틀을 새로 짜자. 경제적 형평과 정의 실현을 새로운 목표로 만들자. 세계에서 가장 높은 수준인 25.6퍼센트의 저임금 노동자 비율과 갈수록 높아지는 절대빈곤율을 감소시키고, 고용률 60퍼센트 달성을 가장 중요한 목표로 삼자. 이제 성장은 독점의 결과가 아니라 정의의 귀결이어야 하고 공존의 성과여야 한다.

약탈의 피라미드를 유지해온 불공정한 제도를 정의의 기준에 따라 바꾸자. 그동안 한국 경제는 목마른 중소기업과 하청 노동자, 서민들에게 피라미드 윗자리에 앉은 대기업들이 마시는 물 잔이 흘러넘치기를 기다리게 하는 구조였다. 언젠가는 당신들에게도 물방울이 떨어질 것이라고 말하면서. 농어민들에게는 남은 생애 동안 겨우 버틸 수 있는 분량의 진통제만 나눠주면서.

그러나 재벌 대기업들은 부정과 비리, 특권을 휘두르며 물 한 방울까지도 뽑아낸다. 중소기업과 하청 노동자들의 목마름은 더해만 가고, 서민들에게는 로또 당첨만이 희망이 되고 있다. 농촌은 집단 고려장의 장소가 될 뿐이다. 이것은 정의가 아니다. 여기에 공정이란 없다. 중소기업과 하청 노동자들에게 자기 몫의 물 잔을 채워주고 이를 빼앗기지 않을 권한을 주어야 한다. 절벽에 선 서민들에게 안전 그물망을 쳐주고 정직하게 일해도 먹고 살 만하도록 해야 한다. 농어민들을 식량 주권의 지킴이로 살려내야 한다. 이것이 지금 대한민국에 필요한 정의다. 이것이 경제구조 개혁의 핵심이다.

중소기업 매출의 80퍼센트 이상이 대기업 하청에서 발생한다. 백 명 미만 기업의 임금 수준은 천 명 이상 기업과 비교할 때 57퍼센트에 지나지 않는다. 전체의 50.4퍼센트를 차지하는 비정규직 임금 수준은 정규직의 54.8퍼센트밖에 되지 않을 정도로 낮다. 당연히 대부분의 비정규직 임금은 최저임금 수준에서 책정된다. 2011년 최저임금은 시간당 4,320원으로 평균임금의 32퍼센트 수준이었고, 2012년 최저임금도 4,580원에 지나지 않는다. 그나마 최저임금조차 받지 못하는 노동자의 비율이 2001년 8월에는 4.4퍼센트(59만 명)였으나, 2008년에는 11.9퍼센트, 2010년에는 12.8퍼센트(210만 명)로 계속 늘어나고 있다.

일하는 근로빈곤층이 2009년에는 215만 명에 달한다. 이들 대부분은 하청기업에서 일하고 있다. 정보기술 업종에서 다섯 단계의 하청을 거치면 하청업체 인건비는 정부 표준단가의 40퍼센트대 시급으로 뚝 떨어진다. 사람이 아니라 이익을 따르고, 정의가 아니라 이윤을 탐하는 재벌 대기업들이 이 약탈의 피라미드를 만들어내고 그 자신을 피라미드의 정점에 세웠다.

중소기업 노동자들의 임금 수준을 높이기 위해 최저임금을 생활임금으로 현실화하고, 이것이 대기업 하청 단가에 반영되도록 납품가 연동제를 실시해야 한다. 아울러 원하청 구조를 단순화해 일정 단계 이상 재하청되지 못하도록 해야 하며, 대금 지급이 지체되거나 중간에 누수가 생기지 않도록 원청의 대금 직접 지급 의무를 확대 강화해야 한다. 대기업들의 담합은 잘 가려내지 못하면서 하청 기업들의 집단교섭권은 담합이라며 규제하는 공정거래법을 바꿔 하청기업들이 정당한 대금을 받을 수 있도록 해야 한다.

제조업 생산 공정의 사내하청은 현행법으로도 엄연한 불법 파견이지만, 2004년 제기된 소송의 당사자인 현대자동차는 대법원 확정 판결이 있어야 한다는 핑계로 2012년 1월까지도 칠 년 이상 시간을 끌며 버텼다(지난 2월 23일, 대법원은 현대자동차 사내하청 노동자에 대해 '불법 파견 노동자는 정규직 노동자'라는 확정 판결을 내렸다). 자동차 업종보다 사내하청 비율이 심각한 조선 업종에는 75퍼센트 수준까지 이르고 있다. 불법 사내하청과 파견에 대한 전면적인 실태 조사를 실시하고 사내하청과 불법 파견 노동자들을 정규직으로 전환해야 한다.

서민들이 퇴직 후에 뛰어드는 영세 자영업은 그나마 있는 밑천인 보증금까지 털어먹고 문 닫는 경우가 다반사다. 상가건물임대

차보호법의 보호 범위를 늘리고 대형 유통업체가 골목 상권까지 파고들지 않도록 규제를 강화하며, 재벌의 식품과 요식업 진출을 통제해 중소기업과 영세 자영업자들이 살아남을 수 있는 영역을 보장해야 한다. 서민들 목소리는 한결 같다. "수도세 전기세 월세 다 오르는데 내 수입만 안 늘었다"고 아우성이다. 공공요금 안정, 물가 안정, 이자율 안정이 최우선이다.

농어민들은 더 이상은 농수산물 수급 파동을 감당할 수 없는 지경이다. 1퍼센트 저리로 대출받아 농작물 파종하고 가축 먹이면, 이 년 동안 30퍼센트나 오른 사료 값과 가격 폭락으로 일한 대가는 커녕 종자 값과 사료 값도 못 건지고 12퍼센트 연체 이자만 기하급수적으로 늘어나는 상황이 몇 년 주기로 반복되었다. 이대로 가면 우리 농업 기반은 붕괴하고 말 것이다.

더구나 소 값 폭락 사태에 직면해 농림부는 캐나다산 쇠고기 수입까지 계획하고 있어서 농민들에게 커다란 좌절을 강요하고 있다. 기초 농수축산물 국가수매 제도를 실시해 농어민들에게는 안정적인 생산 환경을 제공하고, 소비자들에게는 채소 값과 고기 값을 안정시키는 근본 대책을 세워야 FTA로 인한 개방의 파도 속에서 식량 안보를 지킬 수 있다.

대형화된 금융기관의 고위험 고수익 상품을 통한 금융 허브 만들기보다 더 급한 일은, 안정된 금융의 실핏줄이 서민과 중소기업으로 뻗도록 하고 지역 경제의 맥박을 뛰게 하는 공공성을 증진하는 것이다. 후자가 한국 경제 발전에 더 유용하다. 국가 기간도로망과 철도, 수도, 통신망 등의 공공서비스 산업 기반의 민영화 움직임을 중단시키고, 공공성을 강화해야 한다.

이 정책들은 한미 FTA 틀 내에서는 걸음마다 장애물에 부딪힐 것이다. 협정문이 완성된 이후 비준 시점까지 중소 영세상인 보호 필요에 의해 만들어진 기업형슈퍼마켓규제법도, 대기업의 사업 진입을 막을 중소기업 적합 업종 선정 제도도 한미 FTA로 규제력을 잃고 사실상 무력화되었다. 건설기계 소유자를 위한 굴삭기 수급 조절 제도는 한미 FTA가 비준되기도 전에 한미 FTA 위반을 이유로 도입이 무산되었다.

한미 FTA 폐기는 이 정책들을 수행하기 위한 첫걸음이 될 수밖에 없다. 김대중 정부는 외환 위기로 국가 부도 사태를 맞았으나 부채를 상환함으로써 위기를 벗어날 수 있었다. 이제 2013년 이후를 책임질 정부는 더 무거운 과제를 부여받았다. 한미 FTA를 정면 돌파하지 않으면 하청 노동자들과 서민들, 농어민들이 원하는 경제정책을 펼치기 어려울 것이다. 정면 돌파를 감행할 수 있을 만큼 강력한 진보적 정권 교체가 2012년 겨울에 꼭 필요한 이유다.

노동 존중 평화복지국가

몇 가지 전제. 첫째, 관심이나 의식만이 아니라 '돈'이 필요하다. 박근혜 의원은 아버지의 꿈이 복지국가였지만 "왜 모든 것을 돈으로만 보고 생각하는지 안타깝다"며 "중요한 건 사회적 관심과 봉사 의식"이라고 말한 적이 있다. 하지만 재원 확대 전망이 불투명한 '관심'만으로는 한정된 재원을 쪼개 쓰는 데 머물 뿐이고, 재원 마련 계획 없는 '봉사 의식'만으로는 실질 효과를 낼 수 없다. 현실을 바꿀 수 있는 돈, 이를 위한 조세 감면 정비와 고소득층 대기업에 대한 증세는 필수적이다.

둘째, 노동 문제 해결 없이 복지는 밑 빠진 독에 물 붓기일 뿐이다. 최저임금 노동자가 주 40시간 한 달을 일해 봐야 85만 8,990원을 받는데, 이는 2인 가구 최저생계비 90만 6,830원에도 못 미치며, 3인 가구 최저생계비 117만 3,121원에는 턱없이 부족하다. 적어도 한 사람 일하면, 부부가 아이 키우며 최저생계를 유지할 수준은 되어야 정부가 늘어나는 복지 재원을 보편적 복지에 투입할 여유가 생긴다.

셋째, 복지는 시혜가 아니라 권리다. 헌법 제34조는 "모든 국민은 인간다운 생활을 할 권리를 가진다. 국가는 사회보장·사회복지의 증진에 노력할 의무를 진다"고 했다. 국가가 비슷한 경제력의 다른 나라 수준으로 복지 지출을 해야 한다거나, 복지 지출액 증가율을 지디피 성장률보다 높게 유지한다거나, 사각 지대를 없애기 위해 최대한 노력해야 한다는 등으로 그 의무는 점점 더 구체화되고 있다. 이 전제에서 출발하면 권리는 가능한 최대한으로 넓게 보장되어야 하고, 권리를 행사하는 데 장애가 가장 적어야 하며, 사각 지대가 없어야 한다는 것은 당연한 귀결이다.

어느 정도로 바꿔야 할까? 파격적이지 않은, 대단히 상식적인 기준을 제시하려고 한다. 우리도 오이시디 나라들만큼은 하자는 것이다. 지디피 대비 사회복지 지출 비중의 오이시디 평균치는 2007년 현재 19.8퍼센트인데, 우리나라는 7.5퍼센트로 절반에도 미치지 못하며 삼십 개국 가운데 29위다. 앞으로 정권 교체 이후 십 년,

2022년경까지 이 평균치만큼은 달성하자. 이를 위해 세금과 사회보장 기여금도 오이시디 평균인 33.7퍼센트를 내도록 하자. 내일 당장이 아니라 십 년의 시간을 두고 차근차근 만들자. 오이시디 평균의 복지를 만들려면 오이시디 평균치의 세금과 사회보장 기여금은 내야 한다. 지나치지 않다.

어디서부터 바꿔야 할까? 밑에서부터 채우는 동시에 교육, 의료 등에서는 보편적 복지로 가야 한다. 2011년 1월 4일, 육십대 부부가 연탄불을 피워놓고 자살한 사건이 일어났다. 한 달 사십삼만 원도 안 되는 수급비를 받기 위해 서류상으로만 이혼한 이들은 "수급비만으로는 생활이 안 되어 죽음을 선택한다"는 유서를 남겼다. 절대빈곤률이 2009년 기준 14.4퍼센트로, 2004년 11.1퍼센트에서 계속 늘고 있다. 국민기초생활보장 제도가 출발한 1999년에는 급여 수준을 결정하는 최저생계비가 도시 가구 4인 중위소득 기준 40.8퍼센트였지만, 2008년에는 30.9퍼센트밖에 되지 않았다. 이처럼 최저생계비가 생활 유지에도 어려운 수준이라서 저소득층 복지 소요액을 크게 늘리지 않는 한, 맞춤형 재편이나 생활 보장에서 서비스 제공 방식 전환과 생애 주기별 재구성 모두 '고통 배분의 재구성'에 지나지 않는다.

2011년 기초생활수급자는 156만 명이지만, 실제 소득이 최저생계비 미만이면서도 부양 의무자가 있거나 재산 기준이 맞지 않아 기초생활보장을 받지 못하는 사각 지대의 빈곤층이 400만 명으로 추산된다. 서른두 살의 촉망받는 영화 시나리오 작가 최고은 씨가 병과 굶주림으로 죽어간 사건은 왜 생겼는가. 이런 사각 지대를 없애기 위해서도 복지 재정의 확대는 반드시 필요하다.

이와 함께 교육과 의료에서만큼은 꾸준히 보편적 복지를 확대해 나가야 한다. 좀 어려워도 학교에서는 어깨 펴고 공부할 수 있고, 좀 힘겨워도 아플 때는 마음 놓고 치료받을 수 있어야 사람 사는 것처럼 산다. 무상급식이 2010년 지방선거 이후, 2011년 8월 서울의 주민투표와 10월 서울시장 보궐선거의 중심 의제로 이어져 국민들의 확고한 지지를 확인한 만큼, 교육 영역에서 보편적 복지는 폭넓은 지지 속에 빠르게 확대될 것이다. 민주노동당 시절부터 약속한 '건강보험 하나로 무상의료'는 주치의 제도와 지역 거점 병원 활성화로 공공의료 공급 체계를 갖추고, 총액 계약제로 의료비 급증을 막아 건강보험 재정 안정성을 확보하며, 의료비 본인 부담 연간 백만 원 상한제를 실시하는 것이다.

복지 재원은 어떻게 충당할 것인가? 솔직하게 말하자. 복지 재정의 대폭 확대를 위해서는 안정된 재원 확보 대책이 필수다. 지출 구조 조정, 증세, 국방비 대폭 감축을 비롯한 책임 있는 복지 재원 조달 방법이 나와야 한다. 더 솔직하게 짚자. 아직도 정당과 정치인들은 증세를 말하기 두려워한다. 세금 늘리자면 좋아하는 사람이 어디 있느냐는 것이다. 하지만 책임지려면 말해야 한다. 세율을 올리지 않고도 높은 성장률을 달성하면 자연스럽게 세수가 늘어난다는 정부 주장은 성장률을 상회하는 물가인상률을 전제하는 것이고, 늘어나는 세수의 상당 부분은 서민들도 똑같이 부담하는 부가가치세를 통한 세수가 될 테니, 이는 논의 범위에 포함시키는 것조차 적절하지 않다.

증세 없이도 지출 구조 조정으로 가능하다? 증세 없이도 비과세 감면 비율 축소로 가능하다? 말을 돌리면 안 된다. 지출 구조 조정으로 연간 15조 원을 당장 마련할 수 있다는 민주통합당 일각의 주장은 현실에 맞지 않다. 당장 가능한 것이었으면 노무현 정부 시절에는 왜 하지 못했나? 이것이 2013년에 당장 가능할 것이라고 보기에는 성공의 경험이 너무 적다. 사회간접자본 예산이 4대강 사업을 제외하면 2011년에 21조 원이었는데, 그 가운데 10퍼센트 절감하면 2조 1,000억 원 조달이 가능할 뿐이다. 민주통합당도 복지 재원에 비과세 감면 비율 축소액 6조 5,000억 원을 포함시키고 있다. 이것도 결국 조세부담률을 높이는 것으로 정확히 말해 증세다. '증세'라는 말을 더 이상 두려워해서는 안 된다.

능력에 따라 내라는 조세의 일반 원칙에 맞게 조세 본연의 재분배 기능을 살리는 적극적인 증세가 필요하다. '소득 있는 곳에 과세를'이라는 원칙과 달리 과세가 이루어지지 않던 금괴, 보석류, 파생상품, 상당한 액수의 상장주식 투자로 높은 수익을 올린 경우 등의 공백을 메우는 것이 첫 번째다. 분리과세를 종합과세로 바꿔 응능부담應能負擔의 원칙에 부합하도록 하는 것이 두 번째다. 소득세와 법인세의 최고 구간을 신설해 고소득층과 대기업의 세율을 높여 복지 재원을 확보하고, 종합부동산세 세원을 회복해 여유 있는 계층이 자산 불평등으로 벌어진 격차를 줄이는 데 좀 더 기여할 수 있게 하는 것이 세 번째다.

놓쳐서는 안 되는 게 대한민국의 복지는 평화와 함께해야만 온전한 모습으로 이루어질 수 있다는 점이다. 오이시디 정부 지출 통계상 2006년 우리나라의 국방 분야 지출 규모는 지디피의 2.8퍼센트로, 오이시디 평균 1.4퍼센트의 두 배에 이른다. 2011년 국방 분야 지출은 31.4조 원으로 전체 국가예산의 10퍼센트 수준의 매우 큰 비중을 차지하고 있을 뿐만 아니라, 남북관계의 긴장이 계속되면서 전년도에 비해 6.2퍼센트 증가했다. 이 규모를 조정하지 않으면 장기적으로 복지 확대는 한계에 부딪힐 수 있다. 남북관계를 개선하고 평화를 앞당기는 것은 복지국가로 가는 길에서 반드시 통과해야 하는 관문이다.

마지막으로 무엇보다 중요한 것은 복지 확대는 중장기적 계획 속에서 꾸준히 차근차근 진전되어야 한다는 점이다. 한두 해 해보고 성장률이나 경제활동 참가율 상승, 복지 공급을 위한 일자리 확충에 얼마나 효과가 있었는지 각각의 사업을 평가하지 말고, 중장기적으로 시행하고 저소득층의 가처분 소득 증가나 의료 이용의 기회 확대 등이 이뤄졌는지 내실을 확인할 수 있는 기준을 세워 평가해야 한다.

복지 확대 제일의 목표는 사회적 형평성을 높이는 데 있다. 그 결과로 선순환이 시작되면 성장률이나 경제활동 참가율 상승으로 귀결될 수 있을 것이지만, 이를 제일의 목표로 삼아 성급히 평가를 내릴 경우 오히려 복지 정책 진전에 걸림돌이 될 수 있다.

꿈을 현실로 만드는 힘

나는 이 책에서 2010년 현재 오이시디 평균 수준의 복지를 앞으로 십 년 안에 이루자고 말했다. 진보적 정책을 내놓는 것만으로 복지 확대가 이루어지는 것은 아니다. 진보적 정책에 대한 강력한 지지가 있어야 하고, 국민 여론이 일부나마 흔들릴 때 중심을 잡고 여론을 모아나갈 수 있는 세력이 있어야 한다. 기득권을 지키기 위해 성장 이데올로기와 반북 정서를 악용하는 수구 세력과 치열하게 맞서 이길 수 있는 세력이 굳건히 버티고 있어야 한다. 이것이 만들어지지 않고서는 진보 정책은 그저 좋은 말에 지나지 않는다. 꿈은 여전히 꿈일 뿐, 현실이 되지 못한다.

꿈을 현실로 만들기 위해 나는 민주노동당과 함께했고, 진보 정치를 갈망했던 사람들과 지금은 통합진보당을 만들었다. 통합진보당을 야권 및 시민사회와 폭넓게 연대해 진보적 정책을 강력한 힘으로 추진하는 세력으로 만들기 위해, 깨어 있는 시민들이 자기가 있는 곳에서 노동조합, 농민조직, 상인조직, 시민조직, 온라인 동호회 등 무엇이든 만들어 진보의 뿌리가 내리도록 노력해왔다. 노무현 전 대통령이 부탁한 '깨어 있는 시민의 조직된 힘'이 바로 이런 게 아닐까.

2012년, 시대의 과제를 해결하기 위한 가장 폭넓은 연대를 이룩하고, 그를 통해 통합진보당이 추구하는 가치를 실현하는 것이 지금 나에게 주어진 가장 중요한 책무다. 고작 마흔넷인 나는 어디 가도 잘 끼워주지 않으려는 군소정당의 국회의원이다 보니 말이라도 좀 먹히는 자리가 아니면 공격받기 쉬운 표적에 불과했고, 당 대표라 해도 조명을 받기보다는 대부분 무겁고 슬픈 경험을 해야 했다.

이에 더해 때때로 색깔론의 공격까지 받는 내가, 이 엄청난 과제를 과연 무슨 힘으로 어떤 재간으로 해낸단 말인가. 돌아서서 생각하면 막막할 때도 없지 않다. 가진 것이라고는 이대로 그냥 둘 수는 없다는 절박한 마음, 말과 글로 내 생각과 느낌을 진지하게 전할 수 있다는 것, 나에게 공감하고 기대하는 당원들과 시민들이 있다는 것, 그것뿐이다. 어쩌면 우리들도 그렇지 않은가. 이것 말고는 가진 것 없는 우리, 우리들.

강성이라고 공인된 민주노동당의 대표로 일 년 사 개월 동안 일하면서도 이렇다 할 권력을 휘둘러 본 일이 없다. 통합진보당을 만드는 과정에서 당 대표로서 수많은 비판에 직면했고, 밖에서는 마치 당 내부에 심각한 대립이 있는 것처럼 떠들었다. 하지만 나는 이 모든 게 나의 부족함 때문이고, 모든 것은 내 책임이라고 사과하고 호소했을 뿐이다. 이것이 효과적인 방법이라 생각해 그렇게 한 것도 아니다. 나라는 사람이 할 수 있는 것이 그것밖에 없었다.

세상에서 가장 어려운 것이 사람의 마음을 모으는 것 아닐까, 종종 생각한다. 한편으로, 무슨 일이든 제대로 하려면 그것 말고는 또 방법이 없다. 권력과 돈으로 잠시 힘은 가질 수 있지만, 그 무엇으로도 끝까지 함께하는 마음은 얻지 못한다. 마음은 오직 마음으로만 얻을 수 있다. 그 마음들을 모아 힘을 발휘하게 하는 것이 정치라고 나는 믿는다.

내 마음의 힘이 얼마나 큰지 나 자신도 알기 어렵다. 다른 이들의 마음을 모으기 위해 내 마음을 조금씩 조금씩 더 낮추려고 노력하지만, 그것만큼 어려운 일도 없다. 의심의 싹을 지우고 먼저 믿음을 북돋우려고 애쓰지만, 잠시 나태해지는 순간에 그 싹이 다시 내 안에서 자라난다. 용기와 두려움 사이를 오가고, 승부수를 던지려다가도 망설이며, 후회를 애써 지우고 그만큼 빨리 앞으로 나가라고 나를 파도에 실어 보낸다. 나는 그렇게 살아간다.

2012년 봄과 겨울, 평범하고 정직하게 살아가는 우리 모두의 삶을 위해 내 마음의 힘을 키울 수 있다면 좋겠다. 바다 한가운데로 멀리 나아가 몸을 관통하는 바람 속에서 큰 파도로 세상을 바꿀 수 있다면 행복하겠다. 그리고 소원한다. 꿈이 현실이 된 세상에서, 다시 정갈한 물방울 하나로 남아 다른 물방울들처럼 낮은 곳 어디로 소리 없이 스며들어가기를.

이 책에서 인용한 책과 시

25쪽. 장기하 작사·곡, 〈별일 없이 산다〉, 2009.
61쪽. 나희덕, 「어린것」, 1999, 한국문예학술저작권협회.
85쪽. 정약용, 박석무 편역, 『유배지에서 보낸 편지』, 창비, 2009에서 재인용.
118쪽. 도종환, 「흔들리며 피는 꽃」, 2001, 한국문예학술저작권협회.
123쪽. 샤시 타루르, 이석태 옮김, 『네루평전』, 탐구사, 2009에서 재인용.
188쪽. 김운기(제9사단 제28연대 제6중대장), 「백마고지」, 최영미 엮음, 『내가 사랑하는 시』, 해냄, 2009에서 재인용.
230쪽. 신동엽, 「散文詩 I」, 한국문예학술저작권협회.

내 마음 같은 그녀

2012년 3월 30일 초판 2쇄 발행

지은이 이정희
펴낸이 우찬규
펴낸곳 도서출판 학고재
주간 손철주

주소 서울시 종로구 계동 101-12번지 신영빌딩 1층
전화 편집 (02)745-1722 영업 (02)745-1770 **팩스** (02)764-8592
홈페이지 www.hakgojae.com
ISBN 978-89-5625-169-1 03810